Gringostorys aus der Karibik I

Christian Hugo

Gringostorys aus der Karibik I

Leben in der Dominikanischen Republik

Bibliografische Information der Deutschen Nationalbibliothek:
Die Deutsche Nationalbibliothek verzeichnet diese Publikation in der Deutschen
Nationalbibliografie; detaillierte bibliografische Daten sind im Internet
über http://dnb.d-nb.de abrufbar

Herstellung und Verlag: Books on Demand GmbH, Norderstedt

ISBN: 9783842375727

Vorwort

Nachdem ich viel gute und interessante Rückmeldung auf meinen Band "Gringolyrik aus der Karibik I" vom Dezember 2010 erhalten habe, möchte ich Sie diesmal mit Geschichten unterhalten. Ohne hohen literarischen Impetus. Wie das Leben sie halt so schreibt. Meine Gringolyrikfans seien beruhigt; zu gegebener Zeit möchte ich Band II auflegen.

Jetzt will ich erst einmal austesten, ob die geneigten Leserinnen und Leser Erzählungen dieser Art goutieren. Wobei Sie manche Sujets meiner Gedichte in diesem Band wieder vorfinden werden. Im Lyrikband hatte ich sie komprimiert, und diesmal wurden sie zu einem prosaischen Teppich gewoben.

Ich bin auf das Feedback gespannt. In jedem Fall möchte ich Sie amüsieren. Und nur zu gerne wieder motivieren, auf dass Sie sich eines Tages auf Hispaniola ernsthaft einlassen, als Rucksacktourist oder als All-Inklusiv-Buchender, der nicht unbedingt jeden Tag von morgens bis abends am Strand liegen und schlemmen muss. Als Rentner, der in den kalten Monaten hier rüber schnuppert, sich in den Cafes und Kneipen umhört. Und mal die Dominikaner als die Menschen kennenzulernen versucht, die sie sind, nämlich nett, lebensfroh und gutgelaunt, trotz aller Entbehrungen, die sie durch verfehlte Innen- und Bildungspolitik, Korruption und sozialem Desinteresse seitens der Oberschicht seit Jahrzehnten erdulden müssen. So möchte ich auch meine Kritik an Einzelpersonen eingeordnet wissen.

Ich schreibe aber auch für diejenigen, die das karibische Leben mit Interesse, aber eben aus der Ferne (oder sicherer Distanz) verfolgen möchten. Oder für jene, die hier an der Nordküste leben, und ganz gewiss typische Verhaltensmuster erkennen werden, sowohl die eigenen als auch die unserer Gastgeber. Bei allem sollten wir dankbar sein, dass wir Gäste in diesem Paradies sein dürfen.

Nach der Lektüre dürfen Sie gerne den einen oder anderen Tipp abgeben, wenn sie meinen, einen real existierenden Gringo identifiziert zu haben.

Wenn ich sage, ich hätte gelernt, den Erzählungen anderer Residenten zu lauschen, dann dürfen Sie aber bitte nicht erwarten, dass ich diese 1:1 wiedergebe. Allein aus Gründen des Persönlichkeitsschutzes wurden Personen und Handlungen so modifiziert, dass sich niemand bloßgestellt fühlt. Wie heißt es so schön: "Alle Ähnlichkeiten mit ... sind rein zufällig." Meine überschlägige Berechnung kommt zu folgendem Ergebnis: Alle Geschichten zusammen genommen haben einen Wahrheitsgehalt von 65 Prozent. Na, wenn das nichts ist!

INHALT

Der fliehende Holländer

Ruud wog wohl unter 50 kg. Man sah ihn nie essen und trinken in seinem eigenen Restaurant. Fast konnte man meinen, er tat das nicht, damit er neben seiner zierlichen karibischen Schönheit, die sein drittes Eheleben beglückte, nicht auffiel. Yadira war 27 Jahre, er doppelt so alt. Wer den kleinen Holländer kannte, hielt ihn für magenkrank, – das zerfurchte Gesicht schien darauf hinzuweisen. In Wirklichkeit aber fehlte Ruud nicht das Geringste. Vielleicht sah er auch nur deshalb so verhärmt aus, weil ihn das Leben mit seinen beiden ersten Ehefrauen so mitgenommen hatte.

Lieke hatte nur ihren Job gekannt – und sich selbst; das war damals in Enschede. Seinen Wunschtraum, ein eigenes Kind mit ihr zu haben, erfüllte sie genau so wenig wie ihre Nachfolgerin Marisol, seine erste ernsthafte dominikanische Lebenspartnerin. Jedoch ausgetrickst hatten sie ihn beide: Lieke mit der abgedroschenen Sekretärinnenmasche der angeblich so notwendigen Überstunden für ihren erfolgreichen Chef, der Arbeitsplätze schuf noch und nöcher, – welche Sekretärin kann da auf Dauer widerstehen? Na ja, Sie wissen schon, wie es weiter ging? An ihrem zehnten Hochzeitstag wähnte er sie, wie so oft zuvor, noch in ihrem Büro und als sie nach 19 Uhr noch nicht zu Hause war, ging er kurz entschlossen mit einem Strauß Rosen in ihre Firma. Und was er dort vorgeführt bekam, das war es dann auch gewesen ... Er wollte sie nie mehr sehen. Auch die Scheidung war ihm egal. Er nahm sich nicht einmal einen Anwalt. So enttäuscht war er.

Und Marisol betrog ihn drei Jahre später, indem sie ihm ein Kind unterjubeln wollte, das sie, wie konnte es anders sein, von einem anderen hatte, einem anderen Residenten, einem Deutschen. Nur zu dumm, dass das Kind blond war. Ruud jedoch war so schwarzhaarig, wie es seinem Alter entsprechend nur irgendwie ging. Seine Braut hatte sich sehr schnell der international heute durchaus nicht unüblichen Methode "Nimm Dir einen Anwalt. Egal was es kostet!" bedient. Dieser Winkeladvokat verfocht zwei Instanzen lang das vermeintliche Recht Marisols, behaupten zu dürfen, dass das Kind von Ruud sei. Doch diesmal nahm Ruud sich eine Rechtsanwältin aus Cabarete, die – selbst mit einem Gringo liiert – es eben nicht auf des Gringos Geld abgesehen hatte. So konnte er einen Vaterschaftstest durchsetzen.

Ein halbes Jahr später wusste er, was allen Beteiligten eigentlich schon von Anfang an klar war. Jedoch waren für Ruud 250.000 Pesos (heute ca. 5.000 €) Gerichts- und Anwaltskosten aufgelaufen, eine Summe, über die er zu dem Zeitpunkt nicht verfügte. Aber die Anwältin stundete ihm ihre Kosten. Zum Glück hatte er nicht auch noch die Kosten des gegnerischen Anwalts zu zahlen gehabt. Dann hätte er für sein gut gehendes Restaurant in Puerto Plata, das er in mühevoller Kleinarbeit aufgebaut hatte, und in das er all seine Habe gesteckt hatte, wohl einen Teilhaber suchen müssen. Nicht auszudenken!

Ruuds Nummer 3, Yadira, pflegte ihren Mann zu Zeiten im Restaurant aufzusuchen, wo möglichst viele hungrige, besser gesagt durstige Holländer an der Bar rumhingen. Ihr Mann versorgte sie liebevoll mit Delikatessen und fütterte die kleine Alma, ihr "echtes gemeinsames Oeuvre", wie die sachkundigen Landsleute zu versichern wussten. Mit "Don't worry – not again!", wiesen sie Neugierige auf die bisherigen Ehepleiten des Besitzers hin und wollten damit wohl ausdrücken, dass Ruud genug gelitten habe. Punkt.

Eines Abends saß die junge Mama da und aß zerstreut vor sich hin. Und der stolze Papa sah ihn nicht, den gierigen Blick von Joop, eines angeblich ehemaligen Kunstdozenten der Amsterdamer Universität. Einer der vielen Residenten, die ihren Job in der Heimat quittiert hatten, weil sie sich dem Stress des modernen Berufslebens nicht länger gewachsen fühlten. Joop hatte sich als Single und sparsamer Holländer ein kleines Vermögen zusammen gespart, das ihm als 60-jährigem Frührentner ein angenehmes Leben auf Hispaniola ermöglichen sollte. Vor vier Jahren auf die Insel gekommen, war er zehn Jahre älter als unser Protagonist. Bei seinem jetzigen Job als Kunstgewerbehändler in Puerto Plata hätte er hunderte Dominikanerinnen haben können. Aber nein, es musste unbedingt die Frau von Ruud sein! Zumindest dachten die Stammgäste dies. Und sahen die Katastrophe kommen.

In der Semana Santa war es dann soweit. Wim aus Makkum hatte Yadira am Strand von Costambar gesehen mit dem Kunsthändler, diesem eitlen Besserwisser und Stenz. Keiner der Stammgäste mochte sein aufgeblasenes Wesen. Manche anwesenden holländischen Residenten waren aus ihren Kleinstädten und Dörfern rund um das Ijsselmeer ausgewandert, um endlich einmal "ein gescheites Meer" zu erleben und nicht nur die Zuidersee, die bekanntlich im Schnitt nur zwei Meter tief ist. Aber dieser Snob Joop war aus Amsterdam. Typisch! Was Besseres! Am gleichen Abend war der Mann aus Makkum in seinem Element. Alle erfuhren es, nur Ruud nicht. Noch nicht ...

Jedoch längst nicht alle waren überzeugt, dass Yadira fremd ging. "Hab dich nicht so! Einmal am Strand gesehen. Gingen sie Hand in Hand?" – "Nein." – "Siehste!" – Gar trefflich stritten sie sich, die engagierten

Stammgäste. Wenn die Restaurantbesitzer nun Wind davon bekämen!? Das dominikanische Personal verstand die Sprache nicht, konnte also nicht als Zuträger dienen! Und so vergingen die Wochen. Immer wieder kam Joop vorbei, seine Blicke wanderten zum vermeintlichen Objekt seiner Begierde. Doch keiner der wachsamen "Watchees" am Tresen hätte je bestätigen können, dass Yadira Joops Blicke suchte. Seltsam! "Vielleicht sollte man den Amsterdamer mal zur Rede stellen. Was meint Ihr?", fragte Wim seine Kumpels, als Joop gegangen war. "Kommissar Wim kann das am besten von uns!", witzelte Ger aus Hoorn, von der gegenüberliegenden Seite der Zuidersee stammend. Er wusste wie die meisten Holländer um die mentalen Eigenheiten der Makkumer. Stur und angriffslustig, sagt man ihnen nach, schon seit Jahrhunderten.

Und Ihr glaubt es nicht, Wim übernahm den Job; aber stolz wie ein Weltmeister forderte er von jedem Kumpel einen Cuba libre. Topp, die Wette galt, und unser Kommissar fühlte sich den anderen überlegen. Zumindest bis zum Dämmerschoppen tags darauf.

Ger saß als erster am Tresen und harrte der anderen. Als alle vier versammelt waren, schoss Ger los. "Freunde, ich weiß jetzt alles!" Im Nu war es still an der Bar. Sogar die Bedienung Cynthia, eine süße 20-Jährige aus Montellano – immer noch ohne Novio (festen Freund)–

schaute auf. Wim, der sich heute vor allen anderen Joop vorknöpfen wollte, glotzte, wie halt nur ein Makkumer glotzen konnte. Er hatte sich doch soviel vorgenommen, wollte echtes Moralin über den Amsterdamer Schnösel gießen. Und jetzt der Ger! Und der legte los. Da er aber seine Stimme von nun an zu zügeln wusste, spürte Cynthia instinktiv, dass etwas ganz Wichtiges besprochen werden musste. Aber was konnte sie schon tun? Bestimmt trinken sie heute mehr und ich bringe mehr propina (Trinkgeld) nach Hause, sagte sie sich; sie sollte Recht behalten.

Also Ger, der nicht gerne in das ein Jahr zuvor neu errichtete Großkaufhaus "La Sirena" am Malecón ging, hatte am Morgen für ein paar Erledigungen das gute alte "Casa Nelson" aufgesucht – klein und überschaubar, wie von seiner Heimatstadt gewohnt. Und wen sah er dort vor den Regalen mit dem Schminkzeug? Yadira – allein! "Ich hab mich natürlich nicht gezeigt, sondern ging sofort auf die Suche nach Joop. Nicht zu sehen." Sie werden sich gewiss treffen, dessen war Ger sich sicher. Also blieb ihm nur die Verfolgung Yadiras. Von der Kasse des Kaufhauses bis zu Joops Geschäft, nahm er felsenfest an. Aber dem war nicht so. Sie ging – und jetzt glotzten auch die beiden anderen Stammtischbrüder – in die Calle Beller, wo Joop wohnte.

"Nein!", kam gleichzeitig aus drei Kehlen. "Un trago di

Añejo para mi (Ein Rum pur – mindestens sieben Jahre alt – für mich)" – "Para mi tambien (Für mich auch)", riefen die anderen. "Natürlich wartete ich in der Nähe, schließlich wollen wir ja wissen, was sie da erledigt! Und ich frage Euch, Freunde: Was macht eine verheiratete Frau ca. zwei Stunden bei einem anderen Mann?" Die Spannung war auf dem Siedepunkt, entsprechend die Reaktionen: "Jetzt reicht's!" – "Wir müssen was unternehmen!" – "Das hat unser Ruud nicht verdient! Verdammtes Weibstück!" Jeder entlud seinen Zorn, nicht ohne Cynthia zum Nachfüllen zu ermuntern. Da es aber inzwischen Abend war, das Freitags-Büffet schon eröffnet war, auch etliche Landsleute anwesend waren, die ihre verwunderten Blicke immer öfters in Richtung Tresen sandten, erteilte Ger, insgeheim zum Oberkommissar ernannt, die Order, doch eine andere Kneipe aufzusuchen, wo man in aller Ruhe die weiteren "Maßnahmen" besprechen konnte. Schließlich war jetzt auch Ruud selbst anwesend, der den Grillmeister beriet. Die Zeche übernahm selbstredend Ger, er fühlte sich irgendwie befördert …

Sie gingen ins "Aguaceros" am Malecón, wo die Musik nicht so laut war. Um es abzukürzen, sie riefen "ihren Ruud" an, der sich justament hier am kommenden Vormittag mit ihnen treffen sollte. Sie hätten ihm etwas Wichtiges mitzuteilen. Er willigte ein, gleichwohl er ctwas konsterniert sei, was das sein könne, ließ er den telefonierenden Ger wissen. Letzterer erhielt dann den Auftrag, die Sachlage am Samstagmorgen vorzutragen.

Nachdem sie am Vorabend die letzten Gäste waren, waren unsere Hobbykriminalisten am nächsten Morgen die ersten, wie sich die Leser unschwer vorstellen können. Ruud kam pünktlich, mit großen dunklen Augen im hageren Gesicht, ratlos umher blickend. Er bestellte ein großes Soda, während die anderen wohl schon beim dritten Kaffee angelangt waren. Zu allem Überfluss goss es in Strömen, wie in einem schlechten Krimi.

Ger schilderte die Observationsergebnisse, ruhig und sachlich, wie es sich für einen Oberkommissar ziemte – die Stimmlage etwas tiefer und heiserer als sonst. Es fielen die entsprechenden Stichworte: Joops heiße Blicke über Monate, das Rendezvous am Strand und schließlich die zwei Schäferstündchen in Joops Wohnung. Letzteres wurde zwar nicht so formuliert, es machte aber keinen Unterschied mehr, nicht für Ruud, der versteinert in sich zusammengesunken war. "Wir dachten, als Deine Freunde sind wir verpflichtet, Dir das zu sagen, nach allem was Du schon früher erleiden musstest", knurrte Makkum-Wim. Aber das hörte Ruud nicht mehr, er war schon draußen in seinem Mitsubishi Montero. Und weg war er, so schnell er gekommen war.

Die Ratlosigkeit im "1. Holländischen Kommissariat

von Puerto Plata" war groß. So groß, dass man sich nicht traute, am Wochenende ins Stammlokal zu gehen. Stattdessen verabredete man sich für Montagvormittag zum Frühschoppen. Bis dahin hätte sich gewiss schon einiges geklärt, innerfamiliär, so hofften die Kumpels. Zu ergänzen ist, dass sie die ganze Zeit über ein mulmiges Gefühl in der Magengegend hatten, dessen seien die Leser versichert.

Am Montagmorgen war zunächst alles wie immer. Die Sonne schien. Unsere Freunde bestellten gerade ihr erstes Presidente bei Cynthia. Aber die bediente sie nur mürrisch. Was war los? Und schon stürzte Yadira hinter den Tresen und schrie die Stammtischbrüder auf Spanisch an. Was sie mit ihrem Mann gemacht hätten, der sei seit Samstagmittag nicht mehr aufgetaucht! Gemach, gemach, liebe Frau! Ger fand als erster Worte: Sie wisse doch selbst am Besten, um was es hier ginge. Sie sei schließlich mit Ruud verheiratet und habe Ehebruch begangen. Mit Joop! Jetzt war es heraus. Endlich!

Zehn Sekunden dauerte es, bis Yadira aus ihrer Versteinerung erwachte, und von nun an ging alles wie im Flug. "Coños (Arschlöcher)! Ihr fahrt jetzt mit mir sofort zum Flughafen! Und vorher zu Joop. Und gnade Euch Gott, ich erreiche ihn nicht, weil er schon eingecheckt hat."

Und plötzlich war es wieder da, das mulmige Gefühl in der Magengegend unserer selbsternannten Kommissare. Was war das jetzt wieder? Aber wer wagt es schon, einer wild gewordenen Dominikanerin zu widersprechen? Alle bis auf Ger, der war fertig mit der Welt, rannten zu Wims Auto. Jetzt war dessen Zeit als Jefe gekommen. Wim übernahm den Job, fuhr zu Joops Wohnung. Yadira rannte ins Haus und kehrte eine Minute später mit einer Papierrolle zurück. "Ab zum Airport, ihr Hunde!" Ohne Worte rasten sie eine Viertelstunde lang längs der Carretera 5, bis sie Yadira vor den Abflugschaltern aussteigen ließen. Verdammt nochmal, was soll das mit der Papierrolle? In der Zwischenzeit war ihnen allen auch klar geworden, dass Ruud den Flieger der Jetairfly nehmen wollte, um sich für immer von der Insel zu verabschieden. Der ging am Nachmittag, bevor die Belgier ab Winter 2011 diese Flüge einstellen wollten. Aber der Ruud wird doch nicht sein ganzes Hab und Gut hier lassen, für diese ...

Die drei Kumpels gingen gebeugten Hauptes vom Parkplatz rüber zum Check-in. Waren das nicht Ruud und Yadira, die ihnen da schon entgegenkamen? Aber hallo, Arm in Arm, und die Papierrolle hielt Ruud in der Hand, während Yadira einen Koffer hinter sich her zog. Was war das nun wieder? Schon von Weitem posierte Ruud und hielt breit grinsend die Papierrolle über den

Kopf. Als sie zehn Meter vor den beiden waren, löste sich Yadira und lief wutschnaubend an den Stammtischlern vorbei, während Ruud das Transparent-Dingsda entrollte. Es zeigte eine strahlend schöne Yadira, wie sie im Restaurant saß, ca. 120 auf 80 cm. "Yadiras Geschenk zu meinem 55. Geburtstag am nächsten Sonntag", rief er ihnen fröhlich zu, "auf Leinwand in Öl. Ein echter Joop!"

Einkauf mit Folgen

Sie wollten nur eben mal die Monatsrechnung beglei-
chen, die von Edenorte, Epizentrum des dominikanischen Stromversagers (Schreibfehler und Ironie sind
beabsichtigt) mit Monopol an der Nordküste, dann
waren sie noch eben in der Scotiabank zum Geld-
abheben. Und jetzt hatten sie gerade ihren
Wocheneinkauf erledigt, heute einmal nicht im Playero,
dem Einkaufsmarkt Nr. eins in Sosua. Aus Prinzip
checkten sie auch die Preise bei Yanet, dem gerade neu
erweiterten Supermarkt in Cabarete. Dabei stellten sie
wieder enorme Preisunterschiede bei manchen Produk-
ten fest.
Sie waren vor fünfundzwanzig Jahren auf die Insel
gekommen. Wer Urs und Anna kennt, kann sich glücklich schätzen, denn die beiden hatten trotz oder gerade
wegen ihres fortgeschrittenen Alters einen unschätz-
baren Fundus an Kenntnissen über Land und Leute. Für
Residentengrünschnäbel quasi eine unentbehrliche
Fundgrube. Sie wussten zu allen Belangen, mit denen
Auswanderer etwas zu tun haben, Kompetentes aus ihrem Erfahrungsschatz zu sagen, wobei sie ihre Meinung
einem weder aufdrängten noch vorenthielten. Zu Hause
in Liechtenstein hatten sie Jahrzehnte lang eine erfolg-
reiche Reiseagentur gemanagt. Mit sechzig sagte der

hochgewachsene Urs zu seiner Frau: "Es reicht. Jetzt wird nicht mehr malocht. Ab sofort wird gelebt. Wir ziehen in die Karibik, ich hab die Schnauze voll. Von der Nässe und Kälte sowieso." Und so geschah es. Sie packten ihre Siebensachen. Und heute gehören sie zu den wenigen ausgewanderten Gringo-Exoten ihres Kleinstaates auf der Insel.

All ihre Erfahrungen nützten ihnen nichts, nun, da sie ihren kleinen weißen Jeep an diesem späten Nachmittag gerade aus dem Parkplatz vor Yanet steuern wollten, sachte und mit Bedacht, wie es sich für Senioren ziemt. Überdies hatten sie zuvor bewusst rückwärts in ihre Parkbucht eingeparkt, wussten sie doch um das Verkehrsverhalten der Dominikaner im Allgemeinen Bescheid und im Besonderen an dieser Stelle der Hauptstraße, die von Samana über Sosua und Puerto Plata nach Santiago führt. Wer diese chaotische Gemengelage rund um die ca. sieben Parkplätze für Pkw, 5-10 geparkten Motoconchos und jede Menge Fußgänger kennt, der weiß, dass man froh sein kann, mit heiler Haut auf die Hauptstraße rauszukommen. Und sagen Sie mal ehrlich, kämen Sie je auf die Idee, Liechtensteinern unvorsichtiges Autofahren zu unterstellen? Wohl eher das Gegenteil.

Sie hatten sich also kaum an die Carretera 5 herangetastet, als das Unheil schon auf sie zugedonnert kam.

Ein "abgaswolkenfreudiges" Motoconcho, eines von Millionen auf der Insel, mit einem jungen, allzu jungen Fahrer, wie sich später herausstellen sollte. Zehn Meter vor der Ausfahrt grüßte er auf die andere Straßenseite hinüber, wo ein Dutzend Motoconcho-Taxis der Kundschaft harrten. "Pass auf, Urs!", sagte Anna. Urs sah es in Sekundenschnelle, aber wie sollte er in einer Zehntelsekunde den Rückwärtsgang einlegen? Nach 25 Jahren musste es schließlich einmal sein, das was ihnen schon hundertmal geschildert worden war: Ein lebensfroher (kein Problem), lebensmüder (allerdings ein Problem) Dominikaner fährt einem ins stehende Gefährt, und so war es hier und jetzt. Er rammelt in den vorderen linken Kotflügel, reißt die Stoßstange halb ab und bleibt neben seinem Lieblings-Spielzeug schmerzverzerrt liegen. Er jammert nicht, schließlich lebt man ja in einem Macholand.

Wieso ich den Kotflügel vorne links betone, welche Seite denn sonst, fragen Sie? Haben Sie eine Ahnung, aus welchen Himmelsrichtungen Motoconchistas "angeflogen" kommen! Die lassen nichts aus, was sich öffentlicher Straßenraum nennt. Hier lernen Sie erst richtig Autofahren; falls Sie zu Hause stets nach dem Motto gefahren sind, auf die allermeisten Verkehrsteilnehmer sei Verlass, die anderen kennen die Regeln wie Du und ich, dann können Sie das in diesem Teil der Karibik getrost vergessen. Hier gibt es nichts, was es nicht gibt! Und ich sage Ihnen noch was: Wenn man sich jahrelang aufgeregt hat, legt sich das allmählich, zumindest dem Erzähler geht es inzwischen so, man "erfreut sich fast" dieses Chaotenhaufens, na ja zumindest so lange, wie einem keiner reindonnert ... aber eben dies war gerade passiert. Unsere Senioren sind sprachlos und schockiert. Zwölf Monate zuvor der Einbruch in ihrem Haus, der erste ihres dominikanischen Lebens, und jetzt das! Eine Zeitlang hatten sie insgeheim gehofft, das passiere nur Gringos, Verzeihung Greenhorns, von denen einige ihr Pech oder Ungeschick am Stammtisch ausbreiteten, Freitag für Freitag, seit zwei Jahrzehnten: Schwaben, Badener, Nordlichter, Residenten aus den neuen Bundesländern, und wer halt sonst so spontan bei der Kaffeerunde in Hotels, Restaurants oder Strandcafes vorbeischaut. Mehrheitlich besteht die Runde übrigens aus Schweizern, die immer, wenn es emotional wird, in ihr Kauderwelsch verfallen, so dass sich manche Stammtischler als "Restdeutsche" fühlen könnten, wenn dieser Dialekt nicht so charmant rüber käme ...

"Hast du das gesehen?", bemerkte Anna lakonisch, fast cool; sie scheint als Erste die Contenance wieder gefunden zu haben. Daraufhin Urs: "Hoppla. Das war's. Ramponiert mir's Auto, und ich bin noch schuld. "Ein typischer Fall von Gringo-Bashing schien sich schwerelos zu entwickeln. Das könnte Ihnen nicht passieren? Bitte probieren Sie es nicht unbedingt aus, sondern überlassen Sie das unseren Profis aus dem winzigen Fürstentum.

Kaum eine Minute ist vergangen, seit der arme Teufel sich verunfallt hat, – pah, das Wort gefällt mir, Neologismus oder "Unwort des Jahres" hin und her. "Urs, schau doch mal nach dem Bub!" Urs wollte sich gerade aus dem Jeep quälen – da waren sie wieder, die Rückenschmerzen, verdammt –, und schon hatten sich 20, 30, im Nu mehr als 50 Leute um das junge Unfallopfer versammelt, inklusive Personal aus dem Supermarkt; also blieb er sitzen und kurbelte das Fenster herunter. Jetzt hörten sie den jungen Mann laut jammern, kaum war er von seinen Landsleuten umringt. Nichts von Indianer oder Macho, der keine Schmerzen zeigt. "Sie müssen ihn sofort ins Krankenhaus fahren", beschieden ein paar neunmalkluge Dominikaner.

Urs war zu allem bereit, denn schließlich ist in diesem Land häufig der Stärkere schuld, und das ist in unserem Fall derjenige mit einer Karosserie als Schutzpanzer. Der eigene Blechschaden zählt nicht. Genauso wenig die eigentliche Schuldfrage. "Frag doch mal, ob jemand bezeugen kann, dass der junge Mann in unser stehendes Auto gefahren ist", riet Anna ihrem Mann. Der jedoch lehnte mit den Worten ab : "Du glaubst doch nicht, dass einer sich traut, seinen Landsmann zu verraten. Das gibt es, aber selten."

Einige luden den jungen Mann ins Auto, dann stellten sie sein verballertes Moped an das Mäuerchen längs der Gasse, die runter zum Strand führt.

"Sollten wir nicht warten, bis die AMET (Verkehrspolizei) vor Ort ist und den Fall begutachtet?" Urs widersprach auch hier seiner Frau, indem er ihr klarmachte, dass in diesem Land Personenschäden den Vorrang vor der Schuldfrage hätten. Außerdem seien sie schließlich die direkten Nachbarn der AMET, folglich gut bekannt mit den Polizisten. Sie könnten den Unfallhergang später schildern. Zeugen für ihre Unschuld seien eh nicht zu finden. Vielleicht beeindruckte den Richter eines späteren möglichen Gerichtsverfahrens ja gerade die Vorgehensweise, den jungen Mann gleich ins nächste Krankenhaus zu transportieren. Man weiß ja nie. Der Krankenstation in Cabarete trauten sie nicht zu, mit dem offensichtlichen Beinbruch fertig zu werden. Dort hätte man den Jungen wahrscheinlich erst untersucht und dann doch in die Klinik eingewiesen. Verlorene Zeit!

Im zwei Kilometer von Sosua entfernten, erst vor anderthalb Jahren errichteten Centro Medico nähme man den Patienten, wie nicht anders zu erwarten, nur auf, wenn zuvor die Kostenfrage geklärt sei, so die Auskunft an der dortigen Rezeption. Nun, der junge Mann war ja nicht versichert, das wäre auch ein Wunder gewesen. Wo sollen die Armen das Geld hernehmen, wenn ihnen der Staat keine Arbeit gibt? Was jetzt, fragten sich unsere aufrechten Senioren. Man müsse mit 10.000 Pesos (ca. 200 €) rechnen, so die Schnellauskunft des argentinischen Krankenhaus-Chefarztes, den Urs gut kannte, war er doch selbst einer seiner ersten Patienten gewesen. Was blieb unseren Residenten also anderes übrig, als die Summe vorzustrecken? Urs ahnte spätestens jetzt, dass er dieses Geld wohl kaum je wiedersähe.

Binnen kurzem hatten sich der Vater und der Bruder des jungen Mannes eingefunden. Zwei namentlich mit ihnen bekannte Polizisten der AMET liefen den vermeintlichen Unfallverursachern bedauernd entgegen und bestellten Urs für den nächsten Morgen zu sich aufs Revier ein. Es tat ihnen außerordentlich leid, dass sie sich in offizieller Mission unterhalten müssten.

In der Eingangshalle des Krankenhauses harrten die Kontrahenten der Dinge, die da auf sie zukämen. Während Urs seine Kfz-Versicherung verständigte, sprach der Chefarzt mit Anna. "Er habe einen Wadenbeinbruch, nichts Kompliziertes", gab Anna später zum Besten. "Aber jetzt halt dich fest: Der Bub sei erst siebzehn und dürfe gar kein Motorrad fahren, erst mit achtzehn …" Beide Fakten ermunterten Urs nun doch, in die Offensive zu gehen. Da er perfekt Spanisch sprach, stellte er sich dem

Vater des Verunglückten vor und machte ihm ein Angebot: Er wolle die Krankenhauskosten übernehmen, was er ja bereits getan hatte, und zusätzlich für die Reparatur des Zweirads sorgen. Und das, obgleich sein Sohn eindeutig die Schuld habe und überdies von Alters wegen noch gar nicht fahren dürfe. Dem Vater leuchtete das ein und er hätte wohl dem Deal zugestimmt, wäre da nicht der Bruder des Motoconchista gewesen. Der meinte, einen Braten zu riechen, und redete seinem Vater den Kompromiss aus.

Das nun folgende juristische Kleinklein ist schnell erzählt: getrennte Aufnahme des Unfallprotokolls durch die AMET. Vorladung beim Fiscal, einer Art Staatsanwalt, welcher verfügte, dass Urs sich während des bevorstehenden halben Jahres monatlich im Gerichtssekretariat zeigen müsse. Falls in dieser Zeit kein Strafverfahren gegen ihn eingeleitet werden würde, könne er sich glücklich schätzen.

Als Urs ein halbes Jahr später zum letzten Mal seine Präsenz vor Ort durch Unterschrift besiegeln ging, blieb er noch da, um den Fiscal zum weiteren Prozedere zu befragen. In diesem Land mögen manche Gringos ja einiges auszusetzen haben, aber im Umgang mit Senioren weiß man, was sich gehört. Man ließ ihn nicht warten. Als er abends wieder zu Hause angelangt war, hatte Anna ihm schon seinen grünen Tee gekocht. "Und, sind wir den Ärger jetzt für immer los?", fragte sie neugierig. "Leider nein, der Junge hat jetzt dreieinhalb Jahre Zeit, eine Zivilrechtsklage gegen uns einzureichen. Und ich befürchte, das wird er tun, denn in der Zwischenzeit ist er volljährig und wird wohl hoffen, dass der Richter nicht merkt, dass er am Unfalltag keinen Führerschein besaß. Herrgott, wie sollen denn die Armen zu Geld kommen? Die Großkopferten in diesem Land stecken es doch in ihre eigenen Taschen. Das weißt Du doch."

An Winkeladvokaten, die wer weiß wie viel Kohle aus einem Fall rausholen, mangelt es in diesem Land gewiss nicht. "Aber der Fiscal sagte auch, dass wir uns keine Sorgen machen müssten, denn all unsere Papiere und Dokumente seien in Ordnung."

Er meinte damit ihre Kfz-Versicherung, die sich vom ersten Tag an eingeklinkt hatte, sowohl der deutsche Agent als auch die mit ihrem Fall betreute Juristin. Der Fiscal wies Urs darauf hin, dass er eine gültige Aufenthaltsgenehmigung und einen "nicht gepanschten" dominikanischen Führerschein hätte.

Wortkarg, aber nicht pessimistisch verbrachten beide Senioren den Abend. Sie mussten Kraft tanken, denn Urs feierte am folgenden Tag seinen 85. Geburtstag.

"Heißt Ajona"

Er war sein Leben lang gerne Lehrkraft gewesen, drüben in deutschen Landen, der Philosoph Prof. Dr. Hilbert Hugo Breitenbach. Aber das hier und jetzt? Erwachsene, rassige Frauen zwischen 18 und 40 Jahren, mit einem Deutschen befreundet, verlobt, verheiratet oder auch nur scharf auf einen künftigen Novio (festen Freund). Dominikanerinnen und Haitianerinnen zu unterrichten, das war etwas Neues. Und hätte er außer an der Universität Erlangen, nicht auch ein paar Jahre an der dortigen Volkshochschule seiner Heimatstadt Einführungskurse in antike Philosophie gegeben, er hätte das hier an einer Sprachenschule in Puerto Plata niemals ausgehalten. An der VHS gab es ein echtes Bildungsgefälle. Da saßen Promovierte und ehemalige Hauptschüler in einem Raum, eine echte Herausforderung für einen Professor.

Nun unterrichtete er seit mehr als zwei Jahren diese durchweg fröhlichen und aufgeschlossenen Menschen, die sich wohl in der Intensität ihrer Hautpigmente unterschieden, aber kaum in der Erkenntnis, dass man ein Verb, wie im Spanischen (Espagnol castellano), auch konjugieren können müsse, um beispielsweise von tumben Deutschen nicht belächelt zu werden. Und dabei hatte der Philosoph zu seiner eigenen Erleichterung festgestellt, dass Deutsch für Anfänger um einiges leichter zu sein schien als das Spanische. Aber was hülfe es unseren exotischen Schönheiten, dies zu wissen? Erkenntnis per se hilft nicht, sondern nur eines: Üben, üben und üben! Da bist Du echt gefordert, sagte sich Hilbert und ging an drei Nachmittagen der Woche mutig in den Ring. Er war ja pensioniert und benötigte das Kleingeld, das man ihm für den Job bezahlte, nicht; allerdings lernte er bei dieser Gelegenheit Spanisch und das mit fast siebzig.

Also, die Hoffnung stirbt zuletzt, sagte er sich, und hoffte darauf, dass viereinhalb Stunden Einzelunterricht pro Woche den Mujeres (Frauen) dominicanas und ihm selbst etwas brächten. "Ich heiße Hilbert und wie heißt du?", war seine stereotype Eingangsfrage, die wochenlang mit "heißt Ajona." beantwortet wurde. "Und wie heißt dein Freund?" – "Heißen Thomas", war der Fortsetzungsdialog. Bei den anderen Schülerinnen lief das kaum anders. Haben Sie jetzt eine Vorstellung, wie das dann meist weitergeht? Vielleicht kriegt man im Laufe der Wochen noch ein paar Subjekt-Personalpronomen rüber; ist nicht leicht, denn im Spanischen braucht man die nicht unbedingt. Gut angenommen wird auch der Vorschlag, statt eines Pronomens das Subjekt zu wiederholen, nur nicht bitte deinen eigenen Namen, gelt? Das tust du mir bitte nicht an! Nach dem Motto "Ajona gehst zu Kino", auf die Frage "Was machst du?"

Nach dem Unterricht pflegte Prof. Dr. Breitenbach meist die Calle José Ramon Lopez zum Malecón runter zu gehen, nicht ohne sich vorher im Parque Luperón ein Sandwich bei Juanito zu holen. Dann ging er versonnen ein Stück längs des Malecón; dabei versuchte er, aus Gründen der Gleichbehandlung, möglichst nicht den Kiosk des Vortages aufzusuchen. Es waren derer vielleicht ein Dutzend längs des vier Kilometer langen Malecón, der vor ein paar Jahren sauber rausgeputzt worden war. Jeder Kiosk selbst hat wiederum vier Verkaufsstellen. Alle haben dasselbe an Getränken zu bieten, außer der Musik, die kommt aus mindestens vier Beschallungssystemen, meist irre laut und unterschiedlichen Inhalts. Für die junge Gringo-Generation vielleicht genau richtig, aber nicht für uns Senioren. Wenn der Meereswind da nicht ein Einsehen hätte, wir Gringos könnten es kaum aushalten, Dominikaner schon, für die meisten scheint Lärm gleich Kultur zu sein.

Nach dem Unterricht versuchte er sich hier zu entspannen. Fünf Jahre zurück wäre er gern hier entlang gejoggt, um zu vergessen, was die Schönheiten heute seiner Muttersprache angetan haben. Mit siebzig bevor-

Einer der Vierfachkioske an Puerto Platas Malecón

zugte er einen Rum Barceló Añejo on the Rocks. Da funktionierte das Verdrängen viel besser; Zug um Zug legte er seine Misserfolge im Kleinhirn oder sonstwo ab. Er wusste natürlich, wer verantwortlich in diesem Land für die miserable Bildung ist: die laschen Politiker und die satte, selbstzufriedene und egoistische Oberschicht. Nach dem zweiten Rum kamen ihm Gedanken wie: Die Mujeres (Frauen) müssen sich halt eine Sprache wie das grammatisch simple Indonesische aneignen. Ohne je nachgeprüft zu haben, ob die Information richtig ist. Er erfuhr dies auf seiner Silberhochzeitsreise mit seiner damaligen Frau nach Bali. Ihre balinesische Reiseführerin erklärte ihnen, wie einfach Indonesisch sei: nur Infinitive, keine Tempora, also z. B. "Ajona gestern Kino gehen." Wie wäre es, könnte der eine oder andere sprachinteressierte Leser das einmal auf seinen Wahrheitsgehalt überprüfen? Chic ausgedrückt: "nachgoogeln"? Ob es auf Hispaniola jedoch je die Chance gäbe, auf Indonesier zu treffen? Das bezweifelte er denn doch.

Wenn man mit einem Deutschen liiert ist, muss man eine Sprachprüfung in der Deutschen Botschaft von Santo Domingo absolvieren, sonst ist nach drei Monaten Aufenthalt in Deutschland eben Schluss.

Hoppla. Da setzt sich doch soeben eine Negrita mittleren Alters zu ihm. Die Art ihres Blicks ist ihm nicht unbekannt. So schauen Dominikanerinnen Gringos an, wenn sie etwas von ihnen erwarten, was auch immer. Er pflegte sich dann freundlich mit ihnen zu unterhalten und ihnen einen Drink zu spendieren. Das war er den Gasgeberinnen seiner Wahlheimat schuldig. Wenn sie mehr wollten, winkte er freundlich ab, was die Damen in der Regel auch so akzeptierten. Schließlich hatte er seine geliebte Frau erst vor drei Jahren verloren; von einer starken Brandung erfasst und gegen einen Felsen geschleudert. Tragisch.

Die Dame, die sich zu ihm setzte, stellte sich als Ariane vor und fragte ihn nach seinem Namen. Dann war sie dran. Für diesen Fall hatte er sich ein Repertoire an Fragen ausgedacht. So hoffte er, sein Spanisch rundzuerneuern. Aber diesmal versuchte er es gleich mit seinem Schulfranzösisch. Sie hatte dieses haitianische Feuer in den Augen, die Haut holzkohlenschwarz mit seidenem Glanz, ohne wulstige Lippen. Sie war keine dominikanische Negrita. Punkt. Und Treffer! Ariane verstand ihn nicht nur, sondern vermittelte Hilbert, der ein Studium Generale hinter sich gebracht hatte, den Eindruck, dass sie die französische Sprache auch gelernt zu haben schien. Im Unterschied zu der Mehrheit der in der Dominikanischen Republik lebenden Haitianerinnen und Haitianer verfügte sie über komplexere Grammatikstrukturen und einen passablen Wortschatz.

Also konnte sie nicht vom Land kommen, sondern muss-te in der Großstadt erzogen worden sein, vielleicht gar an einer Privatschule? Das versprach ja ein interessantes Gespräch zu werden, sagte er sich, bestellte für Ariane einen jugo de naranja (O-Saft) und für sich – zur Feier des Tages – el tercero trago de ron con hielo (das 3. Glas Rum on the rocks), was er sonst nie tat. Ob er nach drei Gläsern gut schlief? Schau'n mer mal, sagte er sich und lenkte die Konversation in Gefilde, wie er es während seines früheren Lebens in der Heimat zu tun gewohnt war.

Sie unternahmen eine tour d´horizon von ihrer Heimat-stadt Cap Haitien, – einer der wenigen zivilisierten Zonen, wie man hört, – über ihre Vita bis hin zum großen Erdbeben am 12. Januar 2010. Der Professor steigerte die Enquête noch, indem er sie fragte, ob sie wisse, wo ihre Vorfahren her stammten. Die Ironie von "Je ne me souviens pas (Ich erinnere mich nicht)" schien ihm zu entgehen. Voller Eifer erklärte er ihr weit ausholend, dass sie mit Sicherheit aus Togo seien. Und während er ihr einen Vortrag über die Sklaverei in der Geschichte ihres Landes hielt, entgingen ihm Arianes Blicke, die immer häufiger zum Nachbartisch glitten. War es die Wirkung des Rums oder die lästige Angewohnheit, dem Gesprächspartner nicht in die Augen zu sehen? Auf Grund der Tatsache, dass er noch nie über dieses geschichtliche Phänomen doziert hatte und sich konzentrieren musste? Wie auch immer, unvermittelt stand Ariane auf mit "Excusez-moi, mon cher Hilbert" und setzte sich zu dem Mann am Nachbartisch, einem aufgedunsenen Widerling mit fettigem Haarzopf. Zunächst dachte Hilbert, es handle sich wohl um einen Bekannten, doch nach fünf Minuten hatte er begriffen. Die beiden standen auf und gingen zu einem Hummer, der am Malecón geparkt war. Mit einem "Merci et à plus (Danke und bis demnächst)" stieg sie ein und weg war sie. Unser Señor Pädagogo stand verdaddert auf, zahlte und ging gedankenschwanger nach Hause. In dieser Nacht schlief er schlecht. Er redete sich ein, es sei der Rum gewesen.

Am nächsten Vormittag hatte er den Vorabend zunächst erfolgreich verdrängt, doch nach seinem Unterricht ging ihm die Sache wieder durch den Kopf. Ariane, eine gebildete Frau, Grundschullehrerin, verheiratet mit einem Kollegen, zwei Kinder, die schon viele Urlaube allein bei ihrer Schwester in Puerto Plata verbracht hatte, fährt mit einem Mann, den sie offensichtlich erst fünf Minuten kannte, irgendwohin ...

... Sie hatten doch ein gutes Gespräch, Ariane und er, oder? Das überstieg alles seinen Horizont. Er grübelte nicht mehr darüber, wie er Ajona das Konjugieren beibringen könne. Er dachte an Nietzsche.

Frisches Residentenblut

Die Dottora am anderen Ende der Leitung stellte sich ganz easy als Milagros vor und versuchte ihm auf Spanisch das ganze Prozedere zu erklären. "Danke für die Lorbeeren, dass Sie von einem Greenhorn erwarten, er beherrsche die Landessprache, Milagros!" Inge und Hans waren ja quasi eben erst angekommen, vor einem Monat, in dem Land, in dem sie Residenten werden wollten, denn der Aufenthalt in der Dominikanischen Republik ist auf maximal drei Monate beschränkt. Nach einer Weile switchte sie dann zu Englisch, was er als große Erleichterung empfand, auch wenn ihm Details unverständlich blieben; es war ein sehr "eigenwilliges" Englisch. In solchen Situationen gibt man sich größte Mühe, möglichst viele Fakten aufzuschnappen, denn würde nur ein einziges Dokument letztlich fehlen, würde das bedeuten, dass man unweigerlich wieder nach Hause geschickt werden würde, unverrichteter Dinge selbstredend, was hieße, man müsse die Strapazen nochmals auf sich nehmen.

A propos Strapazen, verehrteste Gattin, weißt Du eigentlich, wie gut Du es hast? Die ganze Verantwortung lastet auf mir allein! In letzter Zeit bekam Hans immer häufiger diese Anwandlungen, nennen wir sie doch einmal innere Monologe. Jetzt sogar mitten in diesem wichtigen Telefonat. Womit hast Du es eigentlich verdient, dass Dein Mann das alles für uns beide regelt? Für die paar Hemden und Hosen, die ich Dich zu bügeln bitte? Mein Gott, das kann ich auch selber. Du brauchst mir nicht zu erklären, wie es geht. Es gibt bestimmt irgendein Internetforum, wo Internetfreaks erklären, wie man welches Kleidungsstück bügelt.

Dass du mich immer wieder alleine Behördenkram erledigen lässt, ist nicht fair. Wieso kümmerst Du Dich nie ums Bürokratische? Die ganze Beamtensülze, die hier nicht besser ist als drüben in der Heimat ...

Wenigstens muss die Gemahlin mit in die Hauptstadt und wieder zurück. Einen Tag hat sie verloren. Keinen Pool. Kein Sonnenbad. Kein TV und keine Nähmaschine. Seit ein paar Wochen hat dieses flotte Maschin'chen die Handarbeit und deren Produkte abgelöst, mit denen sie ein Leben lang Freunde und Freundinnen beglückt hatte; meistens schienen ihre Pullover Gefallen zu finden. In ihrer Neuen Welt näht sie Bettwäsche, Gardinen, Kissen und Taschen für ihre neuen Bekannten. Pullover braucht man ja zum Glück hier nicht.

"An einem Montag im Oktober treffen wir uns vor der Immigrationsbehörde in Santo Domingo." Mit diesem Satz brachte Milagros Hans wieder auf den Boden der

Realität zurück. Sie einigten sich auf 10 Uhr morgens, eine Zeit, zu der sie ziemlich sicher mit öffentlichen Mitteln pünktlich in der Hauptstadt sein konnten. Das hieß für Inge und Hans sehr früh aufstehen, den 5-Uhr-Bus in Sosua Abajo nehmen, viereinhalb Stunden Fahrt im toll (wütig!) unterkühlten Caribe-Bus, dann noch ein Taxi zum Malecón.

Sie waren temprano (pünktlich). Dank Handys fand man einander im Pulk der Menschenmenge. Und so ähnlich hatte er sie sich vorgestellt: ein Meter fünfzig, nahezu hellhäutig, blondiert, goldbehangen, eine Dame aus der besser gestellten Klasse von Dominikanern. Und Milagros war genau die richtige Person für den Job, das wurde ihnen bald klar. Mit ihren etwa sechzig Jahren öffnete sie Schleusen und Türen, sie schien jeden Bediensteten der Behörde persönlich zu kennen und wurde von diesen geduzt. Na ja, mit dem Batzen Geld, den sie ihr gleich zu Beginn der "Operation Cedula & Residencia" (Personalausweis und Aufenthaltsgenehmigung) in die Hand drückten, konnte man in diesem Land durchaus Eindruck machen. Und sie waren gewiss nicht ihre einzigen Kunden. Da war ein kanadisches Ehepaar, das ebenfalls seinen Ruhestand in der ewigen Wärme verbringen wollte. Ihre promovierte "Schleusenwärterin" setzte Inge und Hans in einen engen Gang, peinlicherweise vor schon länger Wartende. " Give me your passports, please, Hans and Inge", beschied ihnen Milagros, was sie mit mulmigem Gefühl im Bauch taten. Denn da waren die vielen Storys, die man schon gehört hatte, was hier alles schon verschwunden "wurde"... Andererseits interessierte sie sich für ihre deutschen polizeilichen Führungszeugnisse partout nicht, und das war ja gar nicht zu begreifen. "Die braucht Ihr in jedem Fall", so die Auskunft der alteingesessenen Bekannten und Nachbarn in Inges und Hans neuer Heimat. Wie schaffte es diese Juristin ohne diese Dokumente nur?

Nicht zu glauben, aber sie flattert mit ihrer grauen Ledertasche von Picard direkt in die Büros, wo man als Normalsterblicher wohl kaum hinkommt. Erst einmal die Gesundheitsprüfung; alles auf Spanisch. Von einer Ärztin (?) befragt, ob man rauche oder Drogen nehme – putzige Fragen. Wer die wohl mit Ja beantwortet? Und das ist schon alles. Also raus aus den acht Quadratmetern, rüber in die vier zur Blutabnahme und Urinabgabe. Gleich fertig. Milagros' Sohn – es handelt sich offenbar um eine Art Familienbetrieb – begleicht die Rechnung in Pesos und wird für die folgenden Aktionen ihr Schlepper sein. Wie Hans später hörte, hatte der junge Mann auf einem College in den Staaten Marketing studiert, hatte es aber vorgezogen, seiner Mutter zu helfen. Offenbar war das einträglicher als ein Job seiner Ausbildung gemäß.

Mit dem Taxi geht es in Wildwestmanier zur ausgelagerten Röntgenabteilung in einem Container mit stolzen 10 qm. Und von dort zum Fotografieren in einem Copyshop. Halt mal, Señor, wir haben jede Menge Passfotos aus der Heimat mitgebracht, der internationalen isometrischen Norm entsprechend und echt sch ... teuer! Aber nein, die Dominikaner wollen doch auch etwas verdienen. Sag es lieber nicht! Ist alles Entwicklungshilfe, was wir da machen bzw. geschehen lassen.

So, das war es fürs Erste, beschied sie Milagros später in der Behörde, sie hatte die beiden Mappen für Hans und Inge mit allem komplettiert, was ihrer Meinung nach für die Antragstellung vonnöten war. Über Bratwürste von einem deutschen Metzger an der Nordküste würde sie sich freuen, wenn sie das nächste Mal in drei Monaten, zur Finalisierung des Verfahrens, sprich zur Entgegennahme der Plastikkarten kämen. Ach ja, und nochmals die gleiche Summe an US $ sollten sie mitbringen. Das war so ausgemacht. Doch Inge und Hans wussten auch, dass solche Preise nur wenige Residenten bezahlen können, ob mit oder ohne Schlepper.

Milagros stieg in ihren höchstens ein Jahr alten Nissan Patrol mit Lederausführung, direkt neben der Eingangshalle geparkt, wo sonst niemand anderes parkieren durfte als vielleicht der Chef der Behörde. Donnerwetter!

Als sie gegen 14 Uhr ihren Arbeitsplatz verließ, hatte sie zuvor zwischen zehn und fünfzehn Residenten durchgeschleust. Und Hans und Inge nahmen an, alle waren zufrieden. Denn kaum jemand, der das zum ersten Mal macht, kriegt das alleine hin. Mit dem 15-Uhr-Bus nach Hause, um achte abends in den Pool. Eine Übernachtung in Santo Domingo war nicht nötig. Dieses war der erste Streich.

Pünktlich drei Wochen später erfolgte die Aufforderung, wieder nach SD zu kommen. Leider klappte es diesmal noch nicht, denn nachdem Inge und Hans drei Stunden mit den ca. einhundert anderen Residenten auf die Ausweise gewartet hatten, kam die frustrierende Durchsage im Warteraum, dass die Drucker für die Plastikkarten ausgefallen seien. Milagros kam sofort auf ihre "Schäfchen" zu, um ihnen klaren Wein über den Vorgang einzuschenken: Demnach würden augenblicklich alle Angestellten der Immigrationsbehörde durch das Anti-Korruptions-Dezernat der Nationalpolizei abgeholt werden. Vor dem Hintereingang stünden Busse zum Abtransport bereit ... und leise fügte sie hinzu, sie selbst sei in etwa drei Wochen mit den "Neuen" so vertraut, dass man wieder vernünftig mit denen reden könne. Das war harter Tobak, in jeder Hinsicht! Aber genauso kam es, die dritte Fahrt nach SD war ein voller Erfolg.

Im Laufe der kommenden Monate lernten Hans und Inge noch so einiges über das Prozedere in ihrer neuen Heimat hinzu. Zum Beispiel, dass es sehr viele Residenten gäbe, die sich dieses Stresses auf die Art entzögen, dass sie sich erst gar nicht um die Ausweise bemühten. Einerseits hätten diese Herrschaften gar nicht das Geld dazu und andererseits seien Kontrollen so selten. Und diejenigen, die in die Heimat fliegen wollten, würden in den Flughäfen lieber Strafen zahlen als sich die offiziell geforderten Dokumente zu beschaffen. Wow!

Mundo King Art Museum in Sosua (© M. Wiechert)

Das außerirdische Museum

Man muss sein Museum besuchen, unbedingt. Man muss es gesehen haben. Da hat der weltberühmte spanische Architekt Gaudí in Sosua mitgebaut, meinen viele spontan und augenzwinkernd. Dabei solle es mal im Endstadium gar einer Kathedrale gleichen. Man vergleiche sie mit der ebenfalls unvollendeten Sagrada Familia in Barcelona. Gewaltig thront das vieltürmige Gebäude über der Bucht von Sosua.

Wir holen R.o.l.f. (über die Bedeutung der Punkte wissen wir nichts) aus der Siesta. Noch während der Schöpfer und Besitzer sich das Hemd zuknöpft und seine blonden Haare in Ordnung bringt, stellt er uns die mächtigen Skulpturen aus Caoba (Mahagoni) oder Granit, die er uns zeigt, als sogenannte Zombie-Figuren vor; vielleicht habe ich das aber missverstanden, denn ich bin gerade mit der Abwehr von Moskito Nr. eins beschäftigt. Nun meinen ja manche Zeitgenossen, dass es Zombies nicht wirklich gebe. Da die Kunstwerke in unserem Museum allerdings hauptsächlich aus Haiti stammen, liegt nichts näher, als diese auf irgendeine ominöse, nicht weiter zu hinterfragende Weise in die Nähe dieser mystischen Auferstandenen zu rücken.

Wir turnen zwischen den überlebensgroßen Statuen umher, unglaubliche Kunstwerke, leider nicht ohne ständigen Moskitoattacken hilflos ausgesetzt zu sein.

Ein kanadischer Nachbar und Freund, der in Haiti aufgewachsen ist, hat meiner Familie unlängst minuziös geschildert, "wie man Zombies macht". Er könne dies persönlich bezeugen. Und dieser Mann ist bestens situiert und zivilisiert. Man sollte ihm also glauben, was er erzählt. Im Zeitraffer seine Schilderung: Man entledige sich in Haiti seiner Feinde zuweilen, nicht indem man sie "erledigt" (im 2. Sinne des Wortes), sondern indem man sie, lassen Sie es mich mal so ausdrücken, mental demontiert. Das gelänge nur, wenn ein von einem echten Voodoo-Priester gemischtes Pulver einem Getränk oder einer Mahlzeit beigemischt wird (siehe Skakespeares "Romeo und Julia"). Oder es wird auf die Haut appliziert. Der arme Mensch werde sich automatisch das unsichtbare Pulver in die Haut kratzen, woraufhin dieser das Bewusstsein verliere und scheintot sei. Dann werde die vermeintliche Leiche unter die Erde gebuddelt. Nach einer gewissen Zeit, mein kanadischer Freund meint maximal nach 24 Stunden, hole man den ungeliebten Menschen wieder raus, und siehe da, mit Hilfe eines Gegenmittels komme er wieder zu sich, allerdings mit einem veränderten, lückenhaften Gehirn. Genauer gesagt, der arme Mensch müsse ab sofort ohne Erinnerung an sein früheres Leben durch die Lande zie-

Haitianische Skulpturen aus R.O.L.F.s Museum

(© M. Wiechert)

hen, oder seinem "Erlediger" – euphemistisch und makaber auch "Erwecker" – fürderhin zu Diensten sein, was diese arme Kreatur, genannt Zombie, denn auch aus "freien Stücken" täte.

So, und jetzt mögen meine interessierten Leser über das hinausgehend recherchieren, was ich von Wikipedia entliehen und als Fußnote (S.50-52) beigefügt habe. Ich teile den Skeptizismus bei Wikipedia nicht, denn, wie schon gesagt, ich glaube meinem Nachbarn. Er ist ein ehrenwerter Mann; das hat übrigens Shakespeare den Mark Anton schon über Cäsars Attentäter Brutus sagen lassen. Und hat nicht justament der Mann aus Stratford-upon-Avon in "Romeo und Julia" schon bewiesen, dass das System "Einschläfern und Erwecken" funktioniert? Folglich fällt es mir leicht, unserem Kunstmäzen R.o.l.f beim Thema Zombie zu folgen. Aber vielleicht meint der Endsechziger mit dem sauberen norddeutschen Akzent das ja ironisch? Allerdings scheint es ihm todernst zu sein, wenn er uns über seine mitten unter den Skulpturen gen Himmel gerichteten Flugmaschinen aufklärt: Die seien nämlich flugtüchtig, so man sie mit Plutoniumtreibstoff fülle. Wie sonst könne man sich erklären, sagt er, dass ein Vertreter von Lockheed, einem der weltgrößten Rüstungskonzerne, ihn vor Ort davor gewarnt habe, weiter an den Dingern herumzubasteln. Was für eine spannende Stunde, dieser Museumsbesuch.

Auch für meine Freunde aus Toulouse, der Stadt des Airbus, denen meine liebe Frau den Museumsbesuch dringend ans Herz legte. Denn die Online-Zeitung www.sosuanews.com beschreibt das "Wahrzeichen" Sosuas als eine "Kombination zwischen Märchenschloss und Ufolandeplatz". All diese Widersprüche kommen meiner Meinung nach nicht von ungefähr, steht das Gebäude interessanterweise in der Camino Libre (Freiheitsstraße). Nicht nur die Moskitos nehmen sich in der Regenzeit die Freiheit zu stechen, wen sie wollen. Irgendwie bekommen wir im Laufe der Führung den Eindruck, dass der Straßenname unseren Kunstmäzen, der als Bauingenieur einst gutes Geld verdient habe, prägt: Er nimmt sich die Freiheit, uns inmitten hunderter Bilder zu erklären, dass die Erde konstant von Ufos besucht werden würde, wir diese zwar nicht sähen, aber am Schwefelgeruch erkennen könnten. Er selbst beobachte sie häufig von seinem Obergeschoss aus, wie sie sich mit Lichtgeschwindigkeit über dem Meer bewegten. Hoppla! Haben wir das gerade richtig verstanden? Ach, wenn doch nicht diese lästigen Moskitos uns so plagten, wir hätten noch so viele Fragen an unseren so liebenswürdigen Führer gehabt, dessen Mutter im übrigen eine gute Freundin der letzten Sekretärin Hitlers gewesen sei.

Beim Hinabsteigen erklärt er uns noch, dass uralte, bislang unerforschte Bakterien durch das letzte große Erdbeben im Mai 2011 bei Murcia über die spanischen Gurkenplantagen gekommen seien und die Epidemie EHEC ausgelöst hätten – was wir inzwischen alle besser wissen, nicht wahr? Grundsätzlich träten nach Erdbeben Dinge und Kleinstlebewesen zu Tage, die Jahrmillionen verschollen gewesen seien und der Menschheit kaum Freude (Aids?) bereiteten. Als er hinzufügt, die Cholera Haitis käme nicht aus Nepal, sondern aus der Tiefe des Erdaufrisses vom 12. Januar letzten Jahres, sitzen wir schon im Auto. Ich höre gerade noch das Wort "Atlantis" und "Kommt bald wieder!" Aber meine Freunde rufen vehement:" Moustiques, moustiques! Il nous faut du vinaigre! (Moskitos, Moskitos! Wir brauchen Essig!)" Das gute alte Hausmittel Essig ist also auch in der Grande Nation wirksam gegen Moskitostiche. Recht haben sie. Wir haben alle (mindestens) einen Stich. Nur unser Führer nicht, oder doch?

Ein letzter freundlicher, dankbarer Blick auf R.o.l.f., der uns gern noch mehr erzählt hätte. Jetzt Essig, eine Piña Colada und dann sofort einen Bericht für Euch schreiben. Einverstanden?

(Auszug aus Wikipedia)

Zombies im Voodoo

Der Ethnobotaniker Wade Davis entdeckte 1982 auf einer Reise durch Haiti, dass dort Zombie-Pulver im Umlauf waren, die Kugelfischgift enthielten und mit denen man Menschen angeblich scheintot machen konnte. Davis vertritt die Theorie, mit diesem und einem weiteren Pulver könnten Menschen zu willenlosen Zombies gemacht werden. Damit setzte er sich in der wissenschaftlichen Gemeinschaft allerdings nicht durch. Terence Hines vermutet, Davis sei einem Hoax aufgesessen. Nach Ansicht der Anthropologen Littlewood und Douyon, die mehrere „Zombies" detailliert untersuchen konnten, sind diese in der Regel falsch als vermeintliche Verstorbene identifizierte herumirrende, psychisch kranke oder debile Fremde.[1]

Der Glauben an Zombies ist stark im Voodoo und anderen Yoruba-Religionen vertreten. Besonders in Haiti sind diese Geschichten bekannt.

Diesem Glauben nach kann ein Voodoo-Priester (Houngan), ein Schwarzmagier (Bokor) oder eine Priesterin (Mambo) einen Menschen mit einem Fluch belegen, worauf dieser dann scheinbar stirbt (Scheintod). Tage später kann er den Toten dann wieder zum Leben erwecken. Diesen missbraucht er dann als Arbeitssklave. Diese Zombies heißen auch Zombie cadavres. Sie gelten als absolut willenlos.

Verbreitet ist die Idee, ein Pulver spiele dabei eine wichtige Rolle. Es versetze das Opfer in einen hirntodähnlichen Zustand, wenn es etwa vermischt mit Juckpulver auf die Haut des Opfers geblasen werde, die dann das Gift in kleinen Wunden beim Kratzen aufnehme. Das Gift ruft schnell krankheitsähnliche Symptome hervor, an denen das Opfer scheinbar stirbt. In dem Glauben, an dem sowohl die Gemeinde als auch das Opfer selbst teilhaben, dieser Mensch sei nun tot, wird er begraben. Nach einer bestimmten Zeit erscheint der Zauberer am Grab, gräbt sein Opfer aus und verabreicht ihm ein Gegenmittel.

Dieses Mittel soll ein starkes Gift, etwa Atropin beziehungsweise Hyoscyamin, sein, das dem Betroffenen beim Aufwachen seine Sinne und sein Bewusstsein raubt. Häufig soll das Opfer begleitend zum Verabreichen des Giftes von den Gehilfen des Zauberers verprügelt werden und durch andere Anwendungen von Gewalt und Einschüchterung von seiner neuen Rolle als Zombie überzeugt werden. Der Zombie soll dann seinem neuen Herren hörig sein und ab sofort Schwerstarbeiten verrichten. Zu diesem Zweck sollen derartige Zombies als Arbeitskräfte in der Landwirtschaft, meist in weit entfernte Gebiete der Insel, verkauft werden, wo sie unter menschenunwürdigen Bedingungen gehalten werden.

Der Kulturanthropologe Wolf-Dieter Storl schreibt, ursprünglich seien nicht zu resozialisierende Kriminelle auf diese Weise gleichzeitig unschädlich gemacht und bestraft worden.

Regelmäßige Gaben von Atropin hielten den willenlosen Zustand der Zombies aufrecht. Diese Strafe sei ein Werkzeug des Justizsystems in West- und Zentralafrika (gewesen).

In Haiti ist die Angst vor solchen Wiederbelebungen noch verbreitet, weshalb ein Verstorbener oftmals vergiftet, mit einem Pfahl erstochen oder zerstückelt wird. Manchmal werden die Gräber noch tagelang von Angehörigen bewacht.

Auch wenn es immer wieder behauptet wird, beinhaltet das haitianische Strafrecht keinen Paragraphen (mehr), der das Erschaffen von Zombies unter Strafe stellt.

Wade Davis gab in seinem populärwissenschaftlichen Buch

The Serpent and the Rainbow an, dass sich diese Zustände unter anderem mit Hilfe von Tetrodotoxin herbeiführen lassen.
Eine weitere Form des Zombies ist der Zombie astrale. Dieser ist eine verlorene Seele, die von ihrem Körper getrennt wurde. Angeblich kann sie von einem Zauberer eingefangen und dann für bestimmte Dienste benutzt werden. Die Seele des Opfers befindet sich dabei in einem kleinen, tönernen Gefäß oder in einer Flasche im Besitz des Zauberers.
Verschiedene Riten, die den Totenkult betreffen, werden heute noch in Haiti oder im Süden der Vereinigten Staaten praktiziert. Solche Zeremonien werden größtenteils den Anhängern des Petrokults (eine der Schwarzmagie zugewandten Gruppe des Voodoo) zugeschrieben.

(ungekürzt und unredigiert der Seite http://de.wikipedia.org/wiki/Zombie/ entnommen am 15.08.2011)

Miss Dominicana & El Chivo

Das müsse gebührend gefeiert werden, sagte sich die New Yorker Exildominikanerin Geordina Ramirez, als sie bei CNN einen Bericht zum bevorstehenden 50. Jahrestag des Attentats auf El Chivo ("geiler" Ziegenbock) sah. Auch genannt El Jefe, Rafael Leonides Trujillo Molina, wurde am 30. Mai 1961 von sieben mutigen Widerstandskämpfern liquidiert. Einer der widerlichsten Diktatoren ihres Heimatlandes und des 20. Jahrhunderts hatte mehr als dreißig Jahre Schande über ihre geliebte Insel Hispaniola gebracht, die sie in den neunziger Jahren verließ, um in der Modebranche als Designerin gutes Geld in den Staaten zu verdienen, nachdem sie als Zwanzigjährige zur Miss Dominicana gekürt worden war. Jetzt, 39 Jahre alt, ledig und beruflich unabhängig, gestaltete sie ihr Leben so, wie es ihrem Status entsprach: hart arbeitend in ihrem eigenen Appartement am Central Park. Die Wochenenden gehörten dem Manhattan Woods Golfclub, dem sie als Vize-Präsidentin vorstand. Sie überwies jeden Monat eine ansehnliche Summe in ihre Heimatstadt, so wie das weltweit an die fünf Millionen Dominikaner ebenfalls tun. Wie sonst könnten ihre Landsleute überleben? Viele Residenten tun ja ebenfalls ihr Bestes, indem sie Arbeit und Brot geben. Aber ohne die Exilanten überleben? Geordina las, naja, nicht alles, aber meist wenigstens die Überschriften der Online-Ausgabe der Listin Diario und schaute ab und zu ins "DR1-Forum", um halbwegs auf dem Laufenden zu sein. Mit den 1.000 US $ monatlich konnte sie immerhin ihre Eltern und ihre sieben arbeitslosen Brüder über Wasser halten, hoffte sie. Ihre drei Schwestern hatten alle einen Novio (Freund) in Kanada, USA und Deutschland, die sie finanziell unterstützten und ab und zu besuchten. Nur zu gern hätte sie gewusst, ob sie ihren Brüdern da nicht einen Bärendienst leistete? Da waren Herodes, Honoris und Ibelis, alle im besten Alter. Als sie vor drei Jahren in ihrem Elternhaus in San Cristóbal zu Besuch war, versuchte sie das Thema Arbeit anzuschneiden. "No go", sagten sie, " du glaubst doch nicht, dass wir uns acht Stunden am Tag und für 350 Pesos Tageslohn, den man den Haitianern bezahlt, das Kreuz kaputt machen?" Sie beließ es dabei und dachte sich ihren Teil.

Heute, drei Tage vor dem Jahrestag der Befreiung, wollte sie nur eines: schnell eine Suite in ihrem Lieblingshotel in der Bucht von Samana buchen und den nächsten Flug nach Santo Domingo checken. Morgen Abend, 28. Mai, so kalkulierte sie, konnte sie am Strand von Cayo Levantado liegen, dank eines Anschlussflugs mit Air SantoDomingo.

Gebucht wie geplant und geflogen on schedule. Das bedeutete, sie hatte etwa zwei Stunden Zeit bis zum Check-in nach Samana. Eben mal schnell rüber nach San Cristóbal zur Familie? Was ja im Übrigen auch die Geburtsstadt von Trujillo war. Nein, das dürfte knapp werden, aber bis zum Attentat-Denkmal, das müsste klappen. "Taxi!", und schon ging es auf der zur Autobahn ausgebauten Uferstraße in Richtung Westen. "Halten Sie bitte, wenn Sie ein großes Denkmal mit einer abstrakten Mosaikfigur zu Ihrer Linken sehen!" Und während ihre Augen ins Karibische Meer blickten, wanderten ihre Gedanken in die Zeit vor ihrer Geburt. Alles taucht auf, was sie an Filmen, Büchern und Onlinerecherchen gespeichert hatte. Jetzt hat sie sich 50 Jahre zurück eingeloggt:

Am späten Abend des 30. Mai 1961 ist Trujillos Chevrolet "Bel Air" mit dem Nummernschild 0-1823 auf dieser Straße unterwegs zu einem seiner zahlreichen Wochenendhäuser, wo eine Geliebte auf ihn wartet, eine von Hunderten. In wenigen Minuten endet nicht nur die Schreckensherrschaft für das Volk, sondern auch das Leid der Frauen und Mädchen, die sich ihm hingeben mussten ...

In den letzten Jahren beschäftigte sich Geordina einerseits mit der Frage des amerikanischen Engagements für Trujillo während dieser drei schwarzen Jahrzehnte, das sich auf den berüchtigten Satz eines amerikanischen Politikers "Er (Trujillo) ist ein Hurensohn, aber er ist unser (amerikanischer) Hurensohn" verkürzen lässt. Andererseits hätte sie nur zu gerne Antworten auf die Fragen, wieso die Franzosen die Leiche Trujillos auf dem berühmten Friedhof Père-Lachaise begraben ließen, wo die Milliarden US $, die der Trujillo-Clan dem dominikanischen Volk gestohlen hat, "gelandet" sind, wieso die Amerikaner die Sozialpolitik des späteren Präsidenten Juan Bosch nicht unterstützt hatten und so weiter und so fort.

Ihr Wissensdurst war groß. Schließlich wollte sie eines Tages gerne in ihr Geburtsland zurückkehren. Und wenn sie etwas hasste, dann war es die Unkenntnis der Dinge "which make the world go round", diese innere Unruhe und Neugier, die sie bei ihren Landsleuten auf Hispaniola so sehr vermisste.

Bei Kilometer neun hält der Taxifahrer an. Geordina loggt sich kurz aus ihrer Zeitreise aus, steigt aus und geht um das Denkmal herum.

Wieder eingeloggt sieht sie nun, wie der Fahrer des Potentaten, Zacharías de la Cruz, das von 52 Kugeln durchsiebte Fahrzeug anhalten und sich schwer verletzt in Sicherheit bringen wird. Ein letztes Mal hört er seinen Chef, von mehreren Geschossen getroffen, fluchen: "Coño, me han herido (Scheiße, sie haben mich verletzt)."

Einer der Attentäter, Antonio de la Maza, gibt Trujillo den Gnadenschuss, der Leichnam wird in den Kofferraum des Fluchtfahrzeuges geschleppt. Der Alptraum hat ein Ende.

Am nächsten Morgen stand Geordina auf der Terrasse ihres Hotelzimmers 8101. Es hatte nur 24 Grad; eine frische Meeresbrise ließ sie frösteln. Schnell ließ sie ihr Nightgown fallen und stieg ins mehr als warme Jacuzzi, von dem aus sie aufs Meer blickte. Dann ein traumhaftes Frühstück am Internationalen Orchidee Buffet, 500 Meter im Pool und zurück ins King-Size-Bett. Den heute vom Hotelmanagement angebotenen Ausflug nach Las Galeras und Rincón Beach ließ sie aus. Auf Samana kannte sie sich aus und freute sich schon jetzt, wenn sie heute Abend beim Dinner die Touristen aus aller Herren Länder von diesen Traumständen schwärmen hörte. Ihre Insel! Welch ein Kapital! Nur leider füllten sich ihre Landsleute mit hohen Ämtern und Funktionen die eigenen Taschen. Die herrschende Klasse kümmerte sich wenig um die da unten. Sie wusste um die hohe Arbeitslosigkeit und Armut. Was konnte sie tun? Sie selbst kam ja aus einer armen Familie und wusste, wie schwer es war, sich empor zu arbeiten.

Nachmittags hatte sie im Spa ein Jacuzzi mit aromatischen Ölen gebucht und dann eine Wellnessmassage à la Chinoise mit heißen Steinen. Dabei blieben ihr die Blicke der Männer nicht verborgen, die meist mit ihren Frauen relaxten. Das amüsierte sie aber nicht sonderlich. Sie suchte sich immer Hotels mit Thalassotherapie-Anwendungen und da war mensch meist nackt. Wer sie aber irritierte, war der grauhaarige Mann im Jacuzzi gegenüber, der keine Notiz von ihr zu nehmen schien. Tief versunken, blätterte er sich durch ein Buch und markierte immer wieder Passagen. Was mag das für ein Buch sein? Sie rückte ein wenig höher und las den Namen "Oscar Wao", mehr konnte sie in dem Dunst, der im Raum vorherrschte, nicht sehen. Sie war entschlossen, den klug aussehenden Mann bei Gelegenheit nach seiner Lektüre zu fragen.

Um 16 Uhr stand sie mit Juan aus Puerto Rico auf der Tanzfläche: Salsa-Training. Juan konnte nicht genug kriegen von ihr, was den ebenfalls teilnehmenden Touristinnen überhaupt nicht gefiel, schließlich hatten sie den Tanztrainer auch gebucht. Geordina spürte das und brach bald ab. Was soll's?

"Tonight is Mediterranean, you choose the Caribbean Lobster with fresh tomato and grated cheese, mmh", rief der Chefkoch ihr zu, als sie den Tanzsaal verließ.

Sie hasste Fahrstühle, drum nahm sie die Treppe zu ihrem Zimmer im dritten Stock. Und hier traf sie auf den Gringo, den sie zu seiner Lektüre im Spa befragen wollte. Das wird wohl ein sehr langes Gespräch werden, dachte sie, als sie das Literaturpaket unter seinem Arm wahrnahm. Er mochte um die 60 sein, hatte graublondes, kurz-geschnittenes Haar, trug einen gepflegten Vollbart und eine halbe Lesebrille.

Erst als Geordina ihn betrachtete, wagte er es, sie anzusehen, was er mit solch einer Wärme tat, dass sie den Eindruck hatte, sie kannten einander schon seit Längerem. Ihrem geübten Blick entging dabei nicht, dass er seinen Brustkorb etwas anhob, um gleichzeitig den Bauchansatz einzuziehen. "Llámeme Jorge! (Nennen Sie mich Georg)", sagte er in akzentfreiem Spanisch. "And I am Geordina; my curiosity is devouring me! (Und ich heiße Geordina; meine Neugier verzehrt mich)," schleuderte ihm die schöne Latina mit ihrer angenehmen, zwischen Alt und Sopran liegenden Stimme entgegen. Darauf er: "Sie sind Exildominikanerin und wohnen in New Jersey? "

"Und Sie haben sich an der Rezeption über mich erkundigt?" Lachend kam seine Replik, die ihre Neugierde um keinen Millimeter befriedigte: "Darf ich Ihnen das heute Abend beim Dinner erklären? Mediterranean night, nine o´clock?"

Jetzt sprachen beide nur noch Englisch, mit dem amerikanischen Akzent der Ostküste. Er hatte ihr das Konzept aus der Hand genommen, was sie gar nicht gewohnt war. Immerhin gelang ihr ein keckes "See you

then, George!"
Noch fünf Stunden bis zum Abendessen. Sie freute sich sehr auf die neue Bekanntschaft. Irgendwie hoffte sie, es werde diesmal anders sein.

Sie lief den Strand der sogenannten Bacardi-Insel der DR auf und ab und dachte über ihr Leben nach, ihre früheren Liebesbeziehungen. Von allen verehrt, konnte sie sich die Partner auswählen. Aber zu einer dauerhaften Partnerschaft vermisste sie bei ihren früheren Liebhabern einfach den geistigen Tiefgang.

Oder was sonst? Sie hätte im Luxus schwelgen können, aber wofür interessierten sich diese New Yorker wirklich, außer ihren Reichtum zu mehren?

Dieser "CallmeGeorge" kommt mit einem Bücherpaket im Treppenhaus daher. Ob ihre Verflossenen jemals einen Roman gelesen haben? Er hatte "Oscar Wao" gelesen. Was hatte es mit diesem Buch auf sich? Noch war Zeit, sich für den Abend vorzubereiten. Schnell ergoogelte sie sich das Wichtigste: "Das kurze wundersame Leben des Oscar Wao" von Junot Dìaz, einem Exildominikaner, vier Jahre älter als sie, ebenfalls aus New Jersey, ein sensationeller Roman über das Leben ihrer Landsleute zwischen den Kulturen. Und erhält den Pulitzerpreis. Und an ihr war das Ganze vorbeigegangen? Es ist eine Sache des Milieus, in dem man verkehrt, was man von der Welt mitbekommt und was nicht, hatte ihr einmal ein befreundeter Journalist der Washington Post gesagt. Wie recht er hat, dachte sie, als sie ins Badezimmer ging, um sich für den Abend zurechtzumachen, nicht ohne sich heute im Spiegel etwas länger zu betrachten als sonst. Was ihr selbst eigentlich gar nicht auffiel.

Sie bevorzugte das rote Kleid von ..., das Haar zum langen Zopf geknotet, und sie trug mittelhohe Absätze. Als sich die strahlende Schönheit dem Tisch Jorges näherte, stand dieser schon, erwartungsvoll lächelnd, das langärmelige weiße Hemd leger über der schwarzen Hose tragend. "Hätte ich gewusst, wie groß Sie sind, hätte ich Plateauschuhe angezogen", begrüßte er Geordina witzelnd. "So wie einst el Jefe ?", kam ihre spontane Replik. Die Antwort saß. George musste grinsen. Ihren Flop im Treppenhaus am Nachmittag konnte sie jetzt ruhig vergessen.

Später beim Lobster und Sauvignon Blanc aus "Entre les deux Mers" ging es Geordina nicht mehr um die Rangfolge beim Kokettieren, sondern sie erkannte schnell, dass sie einen der gebildetsten Menschen vor sich hatte, den sie je kennengelernt hatte und der nicht nur ihr Interesse an Trujillo teilte. Sie erfuhr, dass er sich hier auf Samana auf sein Hauptseminar über die Diktatoren Zentralamerikas vorbereitete, das er im Wintersemester an der Universität Göttingen abhalten würde. Außer das neu eröffnete Museum zum Widerstand gegen Trujillo in Santo Domingo zu besichtigen, wollte er noch etwas über die "Schmetterlinge", die drei mutigen Cabralschwestern, in Salcedo und Tenares forschen.

Als die Band drei Stunden später Chris de Burghs "Lady in Red is dancing with me. I never forget"spielte, waren beide tief ineinander verschlungen auf der Tanzfläche zu sehen, bis weit nach Mitternacht.

Und eh' ich's vergesse: Prof. Dr. Georg xxx hatte Junot Dìaz' Buch übrigens für einen großen deutschen Verlag lektoriert.

In der Woche nach dem Urlaub war er bei dem Autoren in New York eingeladen zum ...

Und raten Sie mal, wer ihn dorthin eskortiert hat?

Der mit dem Kilt rockt

Er hatte drei Nationalitäten, aber nur eine einzige jämmerlich kurze Hose, ein Modell der 60er Jahre. Don Rory MacIntyr war wahrscheinlich der einzige echte Schotte in Cabarete. Und er war stolz darauf, auch einen dominikanischen Pass zu haben. Aber auf genauere Nachfrage kokettierte er am liebsten mit der bürokratisch nicht korrekten Definition, er sei Europäer. Das machte ihn weltläufiger, schien er zu meinen. Seltsamerweise nannte ihn ganz Cabarete nur "Los pantalones cortos con los testículos prominentes", sprich "die kurze Hose mit den gut sichtbaren Hoden".

Und wie das Leben so spielt, Don Rory lebte seit zehn Jahren in dem Surferstädtchen Cabarete, stets strahlend, denn alle Menschen begrüßten ihn aus gutem Grund lachend, was diesen wiederum dazu veranlasste, die Freundlichkeit der Dominikaner gegenüber jedermann und jeder Frau zu loben. Was unser weltläufiger Schotte allerdings nie erfuhr, war, dass jeder, der ihn von Weitem sah, seine Umgebung auf den passionierten Spaziergänger aufmerksam machte, entweder mit dem Attribut "Los Pantalones" oder halt auch nur "Los Cojones" (was Schüler im Biologieunterricht nie sagen dürfen, ohne eine Rüge erteilt zu bekommen, also auf gut Deutsch "die Eier"). Offiziell hieß es jedoch "Buenos dìas, Don Rory".

Residenten anderer Nationen, die ihn trafen, zumindest die wenigen von edlerem Geblüt, schauten weg, verlegen, nur um der Schande zu entgehen, einen 68-jährigen Residenten zu kennen, der öffentlich zur Schau trug, dass von seiner Männlichkeit vermeintlich noch etwas übrig sei. Aber Don Rory kannte sie alle, die Neunmalklugen, die Loser oder Misfits, und auf seinen täglichen, endlosen Spaziergängen spürte er sie alle auf. Und immer wollte er ein Schwätzchen halten. Denn Spaziergänger in der Stadt sind wie Figaros: sie wissen mehr als andere. Er war nicht nur beredt, sondern wusste auch viel über Gott und die Welt. Und hatte er einen aufgetan, war es für diesen meist amüsant, seinen Geschichten zu lauschen, nur durfte man seinen Blick halt nicht unter dessen Gürtellinie senken. Dann wäre es aus gewesen; man wäre vor Lachen schier geplatzt. Und ein Ende des täglichen Spaßes wäre unter Umständen absehbar gewesen.

Stellen Sie sich vor, diese einzigartige und scheinbar einzige Hose des stolzen Schotten wäre auf den Index gekommen! Gott verhüte die Rückkehr der Inquisition. Allerdings hielt sich hartnäckig das Gerücht, dass er mit dem Präsidenten eines Residentenclubs schon einmal in langen Hosen gesehen worden sei. Vor Jahren in einem Restaurant. Seither stritten sich die guten Geister, ob sich das tatsächlich so zugetragen haben könne.

Was aber außer seinen französischen Nachbarn keiner wusste – da Señor MacIntyr quasi nie Gäste hatte – er trug zu Hause seinen Schottenrock, graugrün gemustert, in den Traditionsfarben seines Clans. Gemach, gemach, liebe Leserinnen und Leser, ich weiß schon, welche Frage jetzt kommt: Trug er etwas darunter? Damit ihr's gleich wisst: man weiß es nicht. Fragt doch seine Nachbarn! Vielleicht haben sie durch die Hecke gepeept … Denkbar wäre es schon, er liebte die frische Luft, denn oft genug traf man ihn mit offenem Hosenstall. Um das klassische Klischee zu bedienen: ein Schotte, der zu geizig ist, sich eine Unterhose zu leisten. Der großzügig seine kaum kaschierte Männlichkeit offeriert, denn das kostet ja nichts. Aber zu feige, sich öffentlich mit Rock zu präentieren, passt dann wohl weniger zum stereotypen Bild, das man sich landläufig von den Schotten macht; die kennt man eher als tough.

Vergessen wir jedoch bei all den sonderbaren Auffälligkeiten der Spezies Rory eines nicht: Er war ein sympathischer Zeitgenosse, gebildet, gesprächig, gut gelaunt und humorvoll. Niemand hätte ihm etwas Böses gewünscht. Schade jedenfalls, dass sich niemand traute, ihn auf dieses schockierende Kleidungsstück hinzuweisen. Aus dem Versuch, ihm eine neue, modernere Shorts zu schenken, wurde leider nichts, da er, wie gesagt, keine Gäste zu haben pflegte.

Doch wieso hat dieser Mann eines Tages Cabarete verlassen? Er schien sich doch bestens integriert zu fühlen. Zum Glück gibt es Dinge, die man nur als Erzähler weiß, sonst würdet Ihr das ja nie erfahren! Der Grund war mit hoher Wahrscheinlichkeit seine dominikanische Konkubine Tessie, mit der er jahrelang zusammen lebte, dann wieder monatelang nicht, so ging das hin und her. Wer das Paar zum ersten Mal sah, beide von beträchtlicher Leibesfülle, konnte sich schwerlich Asymmetrien im täglichen Miteinander vorstellen. Rory, ganz der vollendete Partner mit Stil, lehrte sie schreiben und rechnen und finanzierte das Leben ihrer zwei Kinder in La Vega. Zudem richtete er ihr einen kleinen mobilen Manikür- und Pedikürladen ein.

Sie hätte eigentlich ein zufriedenes Leben an seiner Seite führen können. Gut, sie war vierzig Jahre jünger als er, aber sie war bestens versorgt. Warum musste sie ihn bestehlen lassen? Dreimal wurde bei ihm eingebrochen, jedes Mal während sie mit Freunden in der Disco war. Was halten Sie davon? Rory hatte nichts gehört. Am nächsten Tag war ein winziges Fenstergitter nur ein bisschen auseinander gedrückt vorgefunden worden. Der Dieb muss also ein Kleinkind gewesen sein oder ei-

Impressionen vom Strandleben Sosua Bay

nen Schlüssel gehabt haben. Doch von wem?

Im Laufe von fünf Jahren wurden ihm fünf PCs und Laptops geklaut. Und halten Sie sich fest, das Beste kommt jetzt: Es war Tessie, die ihm zweimal mitteilte, dass er das Diebesgut in einem CompraVenta Laden (Secondhand Shop) für 10.000 Pesos wieder zurückkaufen könne. Woher wusste sie das nur? Und wenn ich Ihnen sage, dass ich Tessie zweimal am Strand umrahmt von zwei dominikanischen Galgenvogel-Visagen getroffen habe? Sie stellte sie mir als ihren Bruder und dessen Freund vor. Aha!

Das Bedauernswerte: Unser armer Freund hatte sich ganz gezielt keine Schönheit auserkoren in der Hoffnung, dass sie stattdessen über Charakter verfügte. Pech gehabt! Irgendwann hatten seine französischen Nachbarn über den Hausverkauf berichtet. In Cabarete sah ihn keiner mehr. Sehr schade ...

Fercelina & Falco

Sie stand am Straßenrand und deutete an, dass sie nichts dagegen hatte, mitgenommen zu werden, insbesondere wenn es sich um einen Gringo als Fahrer handelte mit viel PS unter dem weißen Hintern. Und schon gar nichts einzuwenden hatte sie, dass der Gringo graue Haare hatte. Denn wundersamerweise glaubte Fercelina daran, irgendwann einmal auf einen Gringo zu treffen, der ihr das gab, was sie ihr Leben lang so schmerzhaft vermisst hatte: zum Beispiel ein bisschen Liebe und Sicherheit. Die verdammten dominikanischen Männer taugten ja zu nichts. Nicht nur, dass sie einem Kinder machten ab dem 16. Lebensjahr, nein, spätestens nach dem dritten Kind machten sie sich aus dem Staub. Was vielen Dominikanerinnen nichts ausmachen würde, wäre da nicht das Thema Unterhaltspflicht. Doch dazu später mehr.

Unser Gringo, nennen wir ihn einmal so, wie er sich vorstellte, nämlich Falco, kurbelte das Seitenfenster seines Ford Explorer Pickup herunter und harrte der Dinge, die da auf ihn zukämen. Er hatte gerade seine Frau nach Santo Domingo gebracht, wo sie ein langes Wochenende bei einer Freundin zu verbringen gedachte.

Jetzt stand er mit seinem Sechszylinder kurz hinter der Abbiegung Moca – Santiago und war gerade im Begriff, die Bergstrecke über La Cumbre und Jamao nach Sabaneta einzuschlagen. Offenherzig bückte sich die recht hellhäutige Dominikanerin und lächelte ihn an, ohne etwas zu sagen. Mein Gott, dann sag du doch etwas, Falco! Sein Spanisch war spärlich, aber er brachte immerhin den Satz heraus "Yo voy a Sabaneta (Ich fahre nach Sabaneta)", worauf sie ihre lange schwarze Mähne schüttelte und strahlte "Esta muy bien (Das ist sehr gut)". Und schon war sie mit ihren drei Plastikbeuteln eingestiegen. Er wollte gerade losfahren, als die rechte Hintertür aufging und noch ein anderes Mädchen Platz nahm. "Es mi hermana (Das ist meine Schwester)". Tja nun, was soll's? Platz ist ja genug, sagte er sich und ließ den Explorer seine Kraft zeigen.

Über die kurvenreiche Strecke sollte der Pickup sie auf fast 900 Meter bringen. Er liebte diese Strecke durch die Cordillera Septentrional, während die meisten seiner Freunde die Carretera Turistica von Santiago nach Montellano bevorzugten, für ihn die entsetzlichste Löcherstrecke, die er kannte, so schlimm, dass er immer wieder hoffte, dass man Touristen diese Straße nie zeigen möge, sonst würden sie gewiss nie ein Auto mieten, um wenigstens ein bisserl was auf eigene Faust zu erkunden. Allein dieser unpassende Straßenname. Und dann noch der unsägliche Kreuzungspunkt unten im Tal mit der Carretera 5, auf der der echte Falco, der mit dem "Amadeus-Lied", dem einzigen deutsch-sprachigen Song, der je Eingang in die US-Charts gefunden haben soll, zu Tode gekommen ist. Wie lange ist das eigentlich her? Falco, halt, stopp! Du hast zwei Fahrgäste und hängst solch trüben Gedanken nach? Besorge euch was zu trinken und widme dich deinen Mitfahrerinnen! Gesagt – getan. Da vorne ist ein Colmado. "Ich heiße Fercelina und meine Schwester da hinten ist La Flaca (die Dünne) für alle, die sie kennen. Sie trinkt am liebsten Punch-Limonade und ich helfe Ihnen gern mit Ihrem Presidente."Falco schaute Fer … wie heißt sie doch gleich wieder … erstaunt in die Augen, nicht ohne sich die weiter unten mehr als angedeutete üppige Ausprägung von … entgehen zu lassen. Mein Gott, hol endlich die Getränke, Falco!

Fercelina war aufs Erste zufrieden, während "ihr" Grauhaariger aufsprang und wie ein junger Spund den Colmado heimsuchte. Sie staunte nicht schlecht, was Falco da alles auf die Ladentheke richten ließ: außer den gewünschten Getränken noch ein paar Packungen Erdnüsse, Chips, Kekse, eine kleine Flasche Brugal Rum und zwei Tafeln Schokolade. Wenn er wüsste, dass sie für Ritter Sport sterben könnte, die es in einem einfachen Colmado nicht gibt? Und mit einem Mal stand ihr Plan fest: diesen Gringo muss und kann sie erobern! Wie er ihr eben in den Ausschnitt geschaut hat?!

Die vor ihnen liegende Bergstrecke besteht aus einer schier endlosen Aneinanderreihung von Kurven. Ebenso unerfreulich: die sieben Bodenwellen, die von Verwerfungen während der Erdbeben des letzten Jahrzehnts herstammen. Diese geologische und geografische Vorinformation dient – die meisten Leser haben es längst erkannt – dazu, besser nachvollziehen zu können, was sich ab sofort im Auto abspielte: es kam nämlich zu Annäherungen zwischen F & F. Stellen Sie sich einmal vor, Sie bieten Ihrer Begleiterin Chips an und fahren justament in diesem Moment in eine Linkskurve. Mit großer Wahrscheinlichkeit kommt Ihre Hand samt Tüte auf dem Oberschenkel Ihrer Beifahrerin zum Liegen. Soweit ist das alles reine Physik. Doch bedenken Sie, auf dieser spezifischen Strecke fahren Sie ja auch ein kleines Stück geradeaus. Wenn Sie also Ihre Hand nach der Kurve immer noch auf dem Körperteil der Frau, die Sie vor zwanzig Minuten kennengelernt haben, platziert haben, dann brauchen Sie sich über das Urteil der Nachwelt nicht zu wundern – und das heißt womöglich "Falco, Du Ferkel, was hast Du vor?" Spätestens bevor die nächste Rechtskurve kommt, muss man als (moralisch integrer) Fahrer die rechte Hand wieder ans Lenkrad nehmen, oder? Falls nicht ..., und in der Tat, er tut es nicht. Was hat Falco vor? Intimes?

Doch Fercelina ist nicht besser. Schauen Sie: Die nächste Rechtskurve steht bevor. Fercelina kippt nach links, die eiskalte Flasche Bier neben Falcos Dingsbums platzierend, bevor dieser beherzt mit einem "Ahh!" zupacken und trinken kann. Für diese angenehme Kühlung haucht er ihr ein gracias rüber. Dann gibt er ihr die Flasche, nach einem tiefen Blick in ihre grinsenden Augen, zurück.

"Despacio (Langsam)!", ruft sie und zeigt auf die erste Bodenwelle, die er prompt, gerade noch, ohne sich zu überschlagen, meistern kann. Er darauf sinngemäß: "Wir sind ein tolles Team, nicht wahr?" Und jetzt liegt ihre Hand auf der seinigen und auf dem Automatik-Schalthebel, diesen quasi doppelt beschützend. Dass der lieben Schwester im Fond nichts entgeht, interessiert das Paar vorne nicht. Allerdings wird sich ihre zehnköpfige Familie später umso mehr für den Fahrtbericht der Flaca erwärmen, kaum dass sie angekommen sind!

Und so geht alles seinen (oder sollten wir sagen "ihren") Gang. Denn es ist schließlich die überaus hübsche und nette Beifahrerin, die Falco betreut, mal mit Nüssen und Bier, mal mit Bier und Chips. Und sie timed alle Aktionen professionell: Ab der Hälfte der Strecke bis zu Fercelinas Haus gibt es Rum mit etwas Cola. Immer wieder! Falco weiß, dass man als Autofahrer in der DR bis zur Bewusstlosigkeit saufen kann, solange man keinen Unfall baut, und das sagt er sich wohl auch, während er bergauf fährt. Wenn er die Schwestern abgeliefert hätte, würde er ein paar Flaschen Wasser in sich hineinstürzen und er würde mit klarem Kopf bergab"rodeln" (holaradiho!). In der Zwischenzeit genießt er die Berührungen seiner Fercelina. Bei der dritten Bodenwelle sind sie beispielsweise mit Fingerhakeln beschäftigt, der Art, dass derjenige gewinnt, der die Hand des anderen in just die für einen selbst oder den Partner lusterregendste Position bringt. Zonen wie ... halt! Man muss ja nicht alles verraten!

Als Fercelina schließlich rief "Jetzt links in die Einfahrt," wäre er fast zur Besinnung gekommen, aber da sprangen sofort jede Menge Kinder um seinen Wagen herum, eins hübscher und fröhlicher als das andere. Mein Gott, solche Enkelkinder wünschte er sich, aber seine einzige Tochter, eine kühle Blonde, würde das wohl kaum zustande bringen, was er da an Lebensfreude vor sich sah. Sie stiegen aus, Fercelina verteilte die Pizzastücke, die sie in Moca für alle gekauft hatte, – zum Wochenende gab es immer etwas Besonderes. Dann bat sie Falco in das bescheidene Heim hrer Familie.

Dieses erste Mal würde nicht das letzte Mal sein, dessen war er sich sicher. Er stand in einer Hütte, circa vier auf acht Meter, linker Hand zwei Räume und geradeaus noch

Kein gewöhnliches Bild: Kinder beim Dominospiel

einer, alle mit einem Vorhang aus mehrfach geflicktem billigen Stoff abgetrennt. Falco war wohl jetzt im Wohnzimmer. Rechts neben der Tür ein runder Tisch, an dem ein älterer Mann mit drei jüngeren Männern Domino spielte. Auf der speckigen Wachsdecke stand ein Kofferradio, die Antenne ausgefahren, aber seltsamerweise war keine Merengue-Musik zu hören. Hatte das Gerät den Geist aufgegeben? Sie haben sicher kein Geld für eine Reparatur. "Das sind mein Papa und drei meiner Brüder", sagte Fercelina. "Buenas" sagend reichte Falco allen die Hand. Während ihm die Zähne der Brüder weiß entgegenblitzten, beschied sich Papa damit, ihn mit verkniffenem Mund anzugrinsen. "Und ich bin Falco." "Komm, spiel mit!", luden ihn die Männer ein. Wie geht das denn gleich wieder? Jeder hat das ja mal als Kind gespielt, oder? Bei Erwachsenen sollte man zig Tricks vermuten, nicht wahr? Naja, schaun wir mal, sagte sich Falco und setzte sich zu den Männern. Ist ja ein reines Männerspiel, das konnte man (fast) in der ganzen Republik beobachten, schließlich heißt es ja auch nicht Domina, sondern endete maskulin auf - o … (dieser "Analyse" möge der Leser den Grad von Falcos derzeitiger Heiterkeit entnehmen bzw. seinen Alkoholpegel.) Eigentlich wäre ja jetzt die Zeit für seine Siesta gekommen, aber ein paar Spielchen, das ginge schon noch, hoffte unser Gringo. Außerdem war "seine"

Fercelina im Raum. Erst fegte und dann wischte sie die Bude. Dabei entging ihm nicht, dass hinter den Vorhängen jeweils ein breites Bett stand, sonst fast nichts. Wichtiger als die Erkenntnis der Armut, die ihn als wohlhabenden Gringo umgab, waren ihm allerdings die Kurven von Fercelina, die er in toto zuvor im Auto nicht wahrnehmen konnte. Und die waren vom Feinsten! Zeit für eine Bestandsaufnahme, dachte er sich nach einer Weile und verabschiedete sich von den Männern. Fercelina reagierte sofort und folgte ihm zum Auto. Dabei hätte er ihr gerne noch einiges gesagt, aber zu mehr als zum Erfragen ihrer Telefonnummer reichten seine Sprachkenntnisse nicht. Aber für den Moment sollte das genügen. Sie tauschten ihre Telefonnummern aus, einen "tiefschürfenden" Abschiedskuss im Auto gab es gratis dazu.

Nach einem Kilometer ging es, bei Meerblick, bergab. Gegen 15 Uhr würde er zu Hause sein. Dann eine ausführliche Siesta halten und etwas essen. Tja, und dann käme der Abend und die Nacht, die er nun plötzlich gar nicht mehr alleine verbringen wollte. Und während er seine Gefühle zu ordnen versuchte, kamen ihm ab und zu Gedanken an seine Frau in die Quere. Machohaft tat er diese beiseite. Wer weiß, was sie mit ihrer (ledigen) Freundin in Santo Domingo unternahm. In der letzten Zeit traf man immer häufiger auf sexsuchende Gringas mittleren und höheren Alters, besonders solche mit respektablem Bauchumfang. Man sah derlei Frauen dann zwar nicht Seit an Seit mit einem dominikanischen Sugar-Daddy. Stattdessen aber mit einem gut gebauten, Jahrzehnte jüngeren Sanky-Panky. Gleiches Recht für alle, sagte sich Falco und wählte Fercelinas Telefonnummer. Ob sie über Nacht zu ihm kommen wolle. Sie solle ein Taxi nehmen bis Cabarete; dort wolle er sie abholen. Erstaunlich: derlei Dinge konnte Falco sprachlich rüberbringen, wenngleich er dergleichen zuvor noch nie formuliert hatte. Liebe hat bekanntlich Flügel – wohl nicht ganz, hier ging es doch eher um Triebe. Nein, ehrlich, Falco war auf Hispaniola bislang noch nie fremd gegangen. In den zwei Jahren, die er auf der Insel seiner Träume verbrachte, begnügte er sich mit dem Hinschauen, ganz so, wie seine Gemahlin ihm das erlaubte. Das sollte jetzt anders werden. Gelegenheit macht Diebe! Noch so ein Spruch.

Punkt 20 Uhr stand Falco auf dem Parkplatz vor Yanets Supermarkt. Sie kam eine halbe Stunde zu spät. Er hätte ihr noch fünf Minuten mehr gegeben, dann wäre er nach Hause gefahren und hätte sich an seinem Pay-TV Programm erfreut. Aber so lief denn doch alles live auf ihn zu, in persona einer strahlenden, wohl duftenden Morena mit langen Beinen und knackigem Po.

Er fuhr mit ihr so schnell es ging an ein Stück Strand,wo

sie hoffentlich ungestört wären. Er wollte seine Wochen-
endbeziehung mit Champagner einleiten, den er im
Eiskübel zu einer Sandkuhle trug. Fercelina hatte die
Gläser. Kaum war das erste Glas getrunken, wollte Falco
Fercelina in den Arm nehmen, um mit ihr den
Sternenhimmel zu genießen, doch da war sie schon über
ihm, insbesondere über seinem Reißverschluss. Falcos
"Vorfreude" wischte sie routiniert mit einer Serviette weg
und dann zeigte sie ihm, wie es eventuell eines Tages im
Himmel sein würde. Der Sternenguckerei bedurfte es
dazu allerdings nicht mehr. Fercelinas Attacke über-
raschte einen völlig unvorbereiteten Falco, der sich
binnen kürzester Zeit quasi vor dem Abflug ins All
befand. Doch das Timing wollte er partout nicht aus der
Hand geben, dazu war er zu sehr Macho (geworden).
Und er bekam gerade noch die Kurve. "Bandidos ahì,
possibile (Hier könnten Gauner sein)!" Bei diesen
Worten legte Fercelina sofort das Arbeitsgerät aus der
Hand, nicht ohne es vorher wieder an Ort und Stelle zu
verstauen.

Auf dem Nachhauseweg erkundete Falco die natürlichen
Gegebenheiten seiner Partnerin. Das war ja wirklich ver-
heißungsvoll. Nebenbei erkundigte er sich über biogra-
fische Details. Tags darauf wusste er nur noch, dass sie
drei Kinder alleine großzog und 35 Jahre alt war. Ihren
Namen konnte er jetzt immerhin ohne zu stocken sagen.

Zuhause angelangt wird der Spieleabend im Pool fortgesetzt. Wasser macht hungrig. Und während Fercelina sich ihre Lieblingsmahlzeit Reis mit Bohnen und Hühnchen richten darf, begibt sich Falco auf die Suche nach der blauen Pille, irgendwo hat er doch noch eine versteckt gehabt, verdammt, für derlei Fälle, von denen er bislang nur träumte. Als Fercelina schon beim Essen ist, findet er gottseidank eine und wirft sie sofort ein. Jetzt schnell noch ein paar Garneelen in die Pfanne, Austern gibt es ja nicht hier. Und dann ein paar Gläser Mamajuana, soll ja angeblich auch potenzfördernd sein.

Anschließend wurde die Klaviatur des Kamasutra rauf und runter dekliniert, mal schlug der eine die Position vor, dann die andere. Es herrschte Gleichberechtigung auf Boden, Sessel, Tisch und Bett. Beide schmeichelten einander ob der Lendenkraft des anderen.

Da viel Alkohol geflossen war, war keiner so richtig fit am Morgen, aber offensichtlich zufrieden: Falco mit dem Preis-Leistungsverhältnis – er hatte ihr nach dem Zähneputzen 2.000 Pesos in den Schlüpfer gesteckt (ca. 40 €) – und Fercelina, da sie hoffte, ihn erotisch an sie gebunden zu haben. Nach dem Frühstück lockte sie ihn mit dem Angebot, ein Baseballspiel in ihrem Campo anzusehen, dazu hätten ihn ihr Vater und ihre Brüder eingeladen. Falco wusste um die Dominican Baseball League als Talentschmiede für US-amerikanische Interessen. Also sagte er zu. Des Weiteren wollten ihm ihre Kinder zeigen, wo sie gerne schwämmen, unter einem Wasserfall. Mann, die geht aber ran, dachte sich Falco, als das Taxi mit ihr abfuhr. Aber er hatte es ihr versprochen. Das Haus aufräumen, das würde er Sonntagabend oder Montagfrüh erledigen. Jetzt schaue ich erst einmal auf der Pedro Clisante, ob es noch eine bessere Partie gibt. Gesagt – getan. Sein Fazit: gibt es aber nicht!

Als er am Sonntagnachmittag im Dorf ankam, fand er seine Fercelina beim Kochen. Sie stand barfüßig auf dem Lehmboden der nach allen Seiten offenen Naturküche. In der Mitte des Raumes ein offenes Holzfeuer mit einem riesigen Reistopf darüber. Sie war gerade dabei, diesen mit Folie abzudecken. Ob sie wohl eine ganze Armee durchfüttern wolle, wunderte er sich. Vielleicht war dies aber auch der Vorrat für eine Woche? Reis für zehn Personen mittags und abends. Ihre Haut glänzte golden vom Schweiß. Ihre Brüste bebten bei jeder Bewegung unter dem dünnen Kleid. Die Hitze erlaubte keinen BH. Eine Weile genoss er die Szenerie. "Hast du mal 500 Pesos, Falco? Papa möchte Getränke für Euch kaufen für das Baseballspiel nachher." "No problema", erwiderte Falco und gab ihm das Geld. "Und Mama hat seit Tagen Durchfall. Sie müsste nach dem Spiel dringend einmal zum Arzt nach Jamao und sich Medizin verschreiben lassen. "Könntest Du sie nachher mitnehmen?" Ihm war klar, dass das bedeutete, er müsse für die Arztkosten und Medizin aufkommen. Wenn das so weiter ginge, wäre sein Taschengeld für diesen Monat bald aufgebraucht. Seine Frau und er hatten ausgemacht, dass jeder einen Betrag von … zur freien Verfügung haben sollte. Darüber hinaus müsse man das von den eisernen Vorräten nehmen, und das hieße wiederum, vorher den Partner zu konsultieren. Naja, geht ja noch, sagte er sich und sagte Fercelina zu, wenn auch nicht mehr mit dem Wort "claro", ein einfaches "si" sollte genügen. Damit waren Fercelinas "Orders" jedoch noch nicht beendet, denn jetzt schlug sie vor, er könne doch noch mit ihren Kindern baden gehen, bevor das Spiel begänne. Die drei Bälger, zwischen fünf und vierzehn Jahre alt, kicherten in seine Richtung. "Vamos", kommandierte er, irgendwie ahnend, dass ein Gringo tun müsse, was domi von ihm verlangte.

Und ab ging es über Schotter, durch Schlaglöcher und zwischen halben Felsbrocken. Es waren vielleicht nur zwei Kilometer, aber eine halbe Stunde Fahrzeit. Endlich konnte sein Jeep zeigen, was in ihm steckte. Am Wasserfall erfrischten sich schon Einheimische, aber er hatte nur Augen für Fercelinas Tochter Marisa, vierzehn Jahre alt. Sie hatte alles, was die Mutter hatte, aber nicht nur angedeutet, sondern schon fast fertig entwickelt. Und sie hatte diesen Lolitablick, den sie ihm immer wieder anheftete. Im kühlen Teich seine Nähe suchend, mit ihren Geschwistern ihn zu tunken versuchend, nicht ohne sich ganz an ihn zu klammern. Er spürte ihre gut entwickelten Brüste auf seinen Schulterblättern und ihre langen Beine, die sich mit seinen Knien verhakten. Raus, nichts wie raus aus dem Wasser, was ihm auch gelang. Aber kaum lag er am Ufer, war Marisa neben ihm und versuchte mehrfach, mit einem Kokoswedel eine bestimmte Körperstelle zu berühren. Jetzt hatte er genug von Marisas unbändigem Eifer, auch von der Vorstellung, als Päderast von der Insel deportiert zu werden; er packte umgehend die Kinder in den Jeep. Und während Marisa ihn mit Missachtung strafte, kuschelten sich die beiden kleinen umso mehr an ihn; das war ihre Chance auf ein bisschen Körpernähe zu einem Mann. Denn ihren Vater kannten sie kaum, und einen Vater haben, der mit einem etwas unternahm, das tat gut!

Beim Baseballspiel lernte er geduldig und tolerant sein gegenüber denjenigen, die das Spiel abgöttisch liebten, und das taten Fercelinas Papa und ihre Brüder nun einmal. Sie taten alles, um in Falco Zuneigung zu diesem Spiel zu entfachen. Er ging zwar scheinbar darauf ein, aber in Wirklichkeit war er in Gedanken bei Fercelina, die er nach der ersten gemeinsamen Nacht schon fast auswendig kannte. Irgendwie war das Abenteuerliche ja verflogen. Marisa zu erobern, das wäre es wohl gewesen, aber schließlich stammte er aus einer zivilisierten Welt. Das tat man einfach nicht. Seine Frau betrügen, war seiner Meinung nach längst kein Sakrileg mehr. Was statistisch gesehen die Mehrheit tat, konnte so abgrundtief schlecht nicht sein, redete er sich ein.

Als das Spiel beendet war, glaubte er einen Modus Vivendi gefunden zu haben und das hieße: Fercelina und ihre Familie unterstützen, wo und wann immer nur möglich; und eben nur mit den ihm zum jeweiligen Zeitpunkt zur Verfügung stehenden Mitteln. Punktum. So einfach war das. Fercelina sollte ihn, wann immer er konnte und wollte, in einer Cabaña treffen. Dort würde er Sex haben, wie einst, als seine Frau noch bereit war, sich ihm jederzeit hinzugeben. Das war lange her.

Er fuhr gegen Abend los, Fercelinas Mutter an Bord. Sie mochte vielleicht so alt wie seine Frau gewesen sein, sah aber aus wie seine eigene Mutter mit Mitte siebzig, sprach unaufhörlich auf ihn ein, er verstand kaum etwas, drückte ihr in Jamao 1.000 Pesos in die Hand für Arzt und Apotheke, dann fuhr er seltsam befreit in Richtung Heimat.

Morgen Abend würde er seine liebe Gattin bei Caribe-tours in Charamicos vom Bus abholen und er freute sich auch auf sie. Er freute sich darauf, mit ihr essen zu gehen, mit ihr über die vielen Freunde, die neuen und alten, zu sprechen, ihre Hauserweiterungsmaßnahmen zu diskutieren und ihre Gartenverschönerungsaktionen zu hinterfragen. Sie fühlten sich beide sehr wohl auf Hispaniola und konnten sich ein Leben in der Heimat eigentlich nur noch schwerlich vorstellen.

In dieser gelösten Stimmung, aber hundemüde, fuhr er über die Lajas in seine Garage. Alle Tore öffneten und schlossen sich automatisch hinter ihm. Er genoss den Luxus einer Villa in der Gated Community "Hispaniola", wo Gutverdienende aus aller Welt unter sich waren. Ob sie ihr Geld redlich verdient hatten, war ihm egal. Nächste Woche wäre ihr dreißigster Hochzeitstag …

… als er das Haupthaus betritt, ist er in Gedanken mit Geschenken für seine liebe Martha beschäftigt. Beinahe wäre er über zwei Koffer gestolpert, die im Entrée stehen. Zum Teufel, wo kommen die denn her? Martha steht dahinter, sieht ihn ohne Worte an. Als er wieder zu sich kommt, läuft er auf sie zu, aber sie hat schon die Koffer in der Hand und geht in Richtung Garage. Er kommt gerade noch dazu zu fragen, wieso sie einen Tag früher gekommen sei. Sie erklärt ihm mit Eiseskälte, dass die Transportgewerkschaft überraschend einen Generalstreik für den folgenden Montag angekündigt hatte und sie daraufhin sofort den letzten Bus von Santo Domingo genommen habe. Auf dem Handy sei er ja nicht erreichbar gewesen. Und das sei gut so gewesen, wisse sie doch nun, was er während ihrer Abwesenheit getrieben habe. Sie habe alle Sachen, die seiner "Mätresse" gehörten – Slip, Kamm, Schminke, Haar- und Zahnbürste – in einen Plastikbeutel gepackt und zum Müll gestellt. Sie sei dem Schicksal dankbar, dass sie noch ein Ticket für München bekommen habe und nähme jetzt das Auto zum Flughafen. Das könne er dort mit dem Zweit-schlüssel abholen. Und tschüss! Eine Minute später ist sie außer Sichtweite …

… schweißgebadet wachte er vom Klingeln am Garten-tor auf. Was war das eben? Allmählich dämmerte ihm, dass er wohl einen verdammt schlimmen Alptraum gehabt haben musste. Er ging in die Küche, leerte einen Becher aus dem Kaltwasserspender, dann drückte er den Gartentoröffner. Und während er die Muchacha (Putz-frau) den Gartenweg heraufkommen sah, war ihm plötzlich klar, was für ein Glück er hatte: keine Email vom Anwalt seiner Frau. Sie hatte nicht die Scheidung eingereicht. Jetzt durfte er nur nicht vergessen, das Haus nach der Liebesnacht mit Fer … – wie hieß sie doch gleich? – aufzuräumen. Bevor die Muchacha irgendetwas fand. Sie hatte ein zu inniges Verhältnis zu seiner Frau. Man weiß ja nie …

Amos und Loch neunzehn

"Hallo, wie geht es Ihnen heute?", das ist der wöchentliche 'Weckruf' unseres dominikanischen Barkeepers, wenn wir, mein holländischer Golfbuddy und ich, mittwochs und freitags gegen 13 Uhr müde bei Loch 19 einkehren, dem einzigen Loch, das kein Golfer je eaglen oder floppen kann. Seit fast zwei Jahren erfreuen wir uns des meist kurzen Dialogs mit unserem Camarero (Kellner), denn welches Personal spricht uns schon auf Deutsch an, hier im Playa Dorada Golfclub? Und heute ist ein besonderer Tag, der 41. Geburtstag unseres Freundes. Wir sind etwas überrascht, als er plötzlich anfängt, sein Schicksal auszubreiten. Ich glaube, es war unsere Einladung, sich einen Drink zuzubereiten – was er verweigerte, er trinke nur Wasser,– oh mein Gott! Das tun wir beim Golfen ja auch – aber nach getaner Arbeit? 18 Löcher Konzentration, Frust und Freude, Suchen des kleinen weißen Etwas, das, wenn schon nicht im Loch, ja noch irgendwo sein müsste, man hat es ja schließlich unter dem Mangobaum runterkommen sehen. Amos, das ist der Name, den ihm Gott gegeben habe. Ach so. Amos hatte als junger Mensch einen sicheren Arbeitsplatz auf dem Bau, als in den 1980ern die Playa Dorada mit ca 4.500 Hotelzimmern entstand, was später zwei Jahrzehnte lang als Haupturlaubsort in der Dominikanischen Republik für Touristen aus aller Welt galt. Heute ist es eher still geworden. Tausende Dominikaner haben ihren Arbeitsplatz an der Nordküste verloren, während Punta Cana im Süden der Renner geworden ist, eine, wie viele Insider finden, tödlich langweilige Aneinanderreihung von Strandpassagen ohne Charakter, aber mit viel weißem Sand und Luxus. "Und nachdem die Hotels erbaut waren, bekam ich einen Job in einem dieser Hotels als Barkeeper", sagt Amos, jetzt auf Spanisch. Und von da an habe das Schicksal seinen Lauf genommen. Er wurde sein bester Kunde; er nahm AI (All Inclusive) selbst für bare Münze. "Was Sie in einem Monat trinken", wandte er sich an uns, "trank ich schließlich an einem Tag." Das wären also 24 Presidente am Tag. Nicht schlecht, was Buddy? Da müssen wir uns ganz schön anstrengen. Doch Spaß beiseite.

Wenn Amos nach Hause kam, hatte er keine Zeit mehr für die Familie, das Haus oder das Gärtchen. Er musste schließlich seinen Rausch ausschlafen. Nicht einmal sonntags ging er mit seinen beiden Söhnen zum Baseballplatz wie früher. Die Ehe bröckelte. Dabei erkannte er im Innersten, dass das nur sein ureigenstes Problem war; er war dabei, Kopf und Kragen seiner Existenz zu riskieren. Bis zu dem Tag … dem Nationalfeiertag im Jahr 2000. Schon lange zuvor hatte er durch den täglichen Schleier hindurch gesehen – die Vision von der Realität, leider nicht zum Greifen nahe, stattdessen hinter einer Wand aus Glas, bestehend aus Hunderten von Gallonen goldenen Inhalts voller Zaubergetränke; dahinter wehte ganz in Weiß eine Fahne (die der Unschuld?) – weich und sanft wie die Betttücher seiner Kindheit, die seine Mutter am Waschtag über den Stacheldraht an der Straße gegenüber ihrer Hütte hing, damals in Jamao, einem Ort zwischen Sabaneta und Moca in den kleinen Kordilleren.

Heute, am 27. Februar, hatte er dienstfrei, war alleine unterwegs zu seinem Kumpel Antonio, der im Hafengebiet von Puerto Plata wohnte. Mit ihm teilte er die Schicht in der Hotelbar. Amos hatte einen riesigen Brand. Zu Hause gab es außer Wasser, Kaffee und Punsch nichts, wie immer. Alkohol ist für Dominikaner der Unterschicht, ob sie eine Arbeit haben oder nicht, normalerweise kaum erschwinglich. Wie sein Kollege Antonio es nur immer schaffte, Vorrat zu haben, konnte er sich nicht erklären. Amos war damals wie heute ein Gutmensch, nie hätte er einem anderen etwas Böses unterstellt. Auf der Calle El Morro rief einer von der anderen Straßenseite : "Jorgecito, komm doch zu uns!" Es war einer von vier ehemaligen Maurerkollegen, die,

Landestypisch: Colmadokneipe und Öko-Wäschetrockner

alle arbeitslos, gerade in ihrem Stamm-Colmado saßen und Domino spielten. Amos, der sich damals noch mit seinem Taufnamen Jorge nannte, kannte sie zwar alle, aber er hörte nichts. Kopfschüttelnd spielten die Männer weiter. Lange schon erreichten sie ihren ehemaligen Kollegen nicht mehr. Er war wohl etwas Besseres geworden, denn wer hatte schon einen Job als Barmann angeboten bekommen, nur die Besten auf dem Bau, und zu denen hatte Jorge gehört, was sie neidlos anerkannten. Über sein drinking problem wussten sie nichts, wie so oft bei Alkoholikern. Manche schaffen es erstaunlich lange, den Makel unter der Decke zu halten.

Gerade war er in die Calle della Separaciòn eingebogen, kam an der damals für Puerto Plata größten Tienda Casa Nelson vorbei und näherte sich dem Parque Central Independencia, zu der Zeit noch nicht so schön herausgeputzt wie heute mit seinem grazilen Pavillon La Glorieta aus dem Jahr 1872, achteckig und zweistöckig, mit der Eleganz viktorianischer Architektur und belgischem Design. Und plötzlich war sie wieder da – die weiße Fahne, als er den Kirchplatz vor der Apostolischen Kirche San Felipe kreuzte. Sie flatterte den breiten Treppenaufgang zur Kathedrale empor. Noch 300 Meter bis zur Calle Luis Espinosa, wo Antonio wohnte. Seit seinen Schultagen, auf einem Ausflug von Jamao nach Puerto Plata, war er nicht mehr in dieser Kirche gewesen, auch

Catedral San Felipe Apostól de Puerto Plata

sonst war er kein christlicher Mann, an Ostern ja, da zeigt man sich schon mal in der Nachbarschaftsgemeinde.

Schweren Herzens steigt er die Stufen hinauf, öffnet die gewaltige Pforte, seinen Atem spürend. Eine angenehme Kühle umfängt ihn. Aus eben noch grellem Tageslicht tritt er in die Finsternis. Ob er der einzige Gast im Hause Gottes ist, diese Frage stellt sich ihm nicht. Er wollte ja nur "seine" weiße Fahne, seine einzige Hoffnung auf ein anderes, besseres Leben endlich zu fassen kriegen. Doch wo ist sie? Er schaut nach allen Seiten, das Weiß müsste er doch auch im Dunkeln entdecken. Ja, da vorne blitzt es hell auf. Als er näher kommt, sieht er, dass es das Altartuch ist. Aber es liegt zerflattert da. Erregt nimmt er das Tuch genauer unter die Lupe, so gut es eben geht. Was ist das? Ein Riss geht durch den Stoff vom Altarkreuz zwischen den Riesenkerzen hindurch; bis auf den Boden ist das Tuch halbiert, als ob es vom Blitz zerrissen worden sei, zumindest schien es ihm damals so. Bewegungslos steht er vor dem Altar und denkt nach. Er versucht seine wirren Gedanken zu ordnen. Ach könnte ihm doch jetzt seine Frau helfen.

Minuten später nahm er den Riss wahr, den er selbst zwischen seine Familie und sich fabriziert hatte, über Jahre hinweg. Dabei liebte er die drei doch so sehr. Jetzt gab es kein Halten mehr. Die Tränen ergossen sich in Strömen. Er sah jetzt nichts mehr. Die Knie gaben nach.

Schluchzend legte er sich auf die Stufen unterhalb des Altars und schlief sofort ein.

Wie lange er damals da lag, weiß er nicht mehr. Er weiß nur noch, dass er von einem freundlichen Bruder des Franziskanerordens sanft geweckt wurde, der sich seiner annahm, seine Geschichte anhörte und ihm auch seinen heutigen Namen Amos gab. Er erinnert sich noch genau an die weiße Kutte mit Schulterkragen und Kapuze und dass er statt eines Gürtels einen weißen Strick mit drei Knoten trug.

Die Franziskaner hatten Christoph Kolumbus auf seiner ersten Fahrt nach Amerika begleitet. Die ersten Klöster in Amerika wurden von Franziskanern in Santo Domingo und La Vega erbaut und bis zum heutigen Tage gibt es noch eine Hand voll Ordensbrüder im Land.

Nachdem Jorge sein bisheriges Leben gebeichtet hatte, machte der Frater ihm Mut, indem er ihm empfahl, ein Leben wie der Prophet Amos zu führen, der gegen Verschwendung, Betrug, Heuchelei, Bestechung, gegen die Korruption der Richter und Priester und die Ausbeutung der Landbevölkerung durch den Königshof und die Oberschicht von Samaria zu Felde zog.

Als Jorge die Kirche verließ, fielen ihm die Buntglasfenster à la Gaudi auf. Seit diesem Unabhängigkeitstag ist Jorge alias Amos frei – frei von der Droge Alkohol.

Andys Androide

Noch drei Tage bis zum Geburtstag seiner geliebten Ehehälfte. Das hieß für Andy konkret: noch 20 Stunden Zeit zum Basteln, ab diesem Morgen. Dann musste die Hollywoodschaukel zwischen den beiden Kokospalmen vor der Veranda mit Meerblick hängen. Das war Lotis Wunsch seit drei Jahren. Und jetzt hatte sie einen runden Geburtstag, der 65ste. Also musste die Sache jetzt laufen. Sie hatten vor 40 Jahren in Bad Gastein geheiratet, ihrem Heimatort; als ihnen vor zehn Jahren ein Russe, einer der abertausenden der für uns deutsche Normalverbraucher unerklärlichen nouveaux-riches Klasse, das Angebot ihres Lebens für ihr Haus machte, kündigten sie sofort. 700.000 € blätterte der junge Mann aus Kirgisistan für die Bruchbude hin, nur weil er von dort zu Fuß ins Casino gehen konnte. Glück muss man haben: zur richtigen Zeit eine Immobilie am richtigen Ort! Hinzu kam, dass Lotti vom Arzt viel Wärme verschrieben bekommen hatte. Sonst würde sie das Rheuma immer schlimmer peinigen. Sie hatte bereits ein Vermögen in den heißen Quellen Gasteins gelassen. Trotzdem hatte sie nur zeitweise Erleichterung verspürt. Wieso sind sie aber gerade in die Dominikanische Republik? Das ist schnell erzählt. Vor ihnen waren schon Freunde dorthin ausgewandert. Wer schon einmal in Playa Cofresì Urlaub gemacht hat, der hat bestimmt auch Österreicher dort getroffen. Eine regelrechte Kolonie gibt es da; inwieweit Liedermacher Falco, Idol der Alpenländler, der dort seine Villa hatte, etwas mit dem Boom zu tun hat, entzieht sich meiner Kenntnis. Alles was Lotti interessierte, waren die Temperaturen des Poolwassers übers Jahr hin. 25 bis 30 Grad Celsius, das war die ausschlaggebende Info. Ihrem Andy war nur wichtig, dass er dort Pferde halten durfte, was bei den Freunden in Cofresì leider nicht erlaubt war. Also kauften sie eine Finca auf der Höhe von La Mulatta, hinter dem Thai-Restaurant. Und dort fehlte es ihnen an nichts, bis auf die besagte Hollywoodschaukel.

Andy war gerade unterwegs zur vierten Ferreteria, wo er die fehlenden Teile zu ergattern hoffte. In den drei Läden in Sosua hatte er zwar sämtliches Schraubmaterial auftreiben können, jetzt fehlte aber noch das Holz. Er wusste, dass in Cabarete die Ferreteria Linares ein Riesenholzlager hatte.

Auf dem Weg dorthin machte er mit seinem Pickup noch eine Stippvisite in Perla Marina bei einer Bekannten, die ihm versprochen hatte, das Persenning zu nähen. Die deutsche ehemalige Realschullehrerin hatte sich ein neues Hobby zugelegt: nähen für arm und reich; von Gardinen,

Bettwäsche, Sofapolster bis hin zu Handtaschen usw., alles zu "Hobbypreisen". Unlängst erzählte sie heiter, dass sie zehn Stunden Arbeitsleistung für 20 Kissen gegen eine halbe Stunde Elektroreparatur getauscht hatte. Wer's nicht glaubt, ich bin im Besitz ihrer Telefonnummer. Andy nahm Uta – nicht die vom Naumburger Dom – das Versprechen ab, dass das Dach für die Schaukel bis zum nächsten Abend fertig genäht sei. Er hätte es ja auch bei Hidelisa in Puerto Plata, wo er das Zelttuch am Morgen in aller Frühe besorgt hatte, richten lassen können. Aber ob die pünktlich lieferten? Domis gegen deutsche Wertarbeit? Außerdem wusste der preisbewusste Andy, inzwischen Euromillionär, dass die deutsche "Hobbytante" nur den halben Preis der Profinäher verlangte. Und an einem Preisvergleich ist schließlich nichts Verwerfliches. Oder gehören Sie etwa zu der Sorte Menschen, die anderen ihren Reichtum nicht gönnen?
Weg, schnell weg vom Thema Sozialneid zu unserem "armen" Andy. Der hetzt gerade weiter nach Cabarete. "Das waren noch Zeiten, als ich Rallyes durch die österreichischen Alpen gefahren bin." Und indem er darüber räsonniert, geht die Tachonadel weiter nach rechts, während er links alles vor sich überholt. Dann klingelt zweimal nacheinander das Handy. Seine Frau will wissen, ob er ihr beim Supermarkt Yanets noch Eier

und Kartoffeln mitbringen könne. Zwei Minuten danach sollen es noch 1 kg Zwiebeln sein. Bei jedem Anruf, den er dominikanisch, also mit dem Gerät an der Ohrmuschel, durchführt, gerät er ins Schwärmen über dieses feine Teil, ein Google Nexus S Android von Samsung für 600 €, das ihm sein toller Sohn letzten Monat mitgebracht hatte. Was man mit diesem Ding nicht alles anfangen kann! Andy findet es Spitze und führt es jedem vor. Also, Sie begehren es jetzt auch? Dann benötigen Sie nur einen Sponsor aus der Familie, der Freude daran hat, solche Geschenke zu machen!

Jedenfalls kam Andy, eigentlich sonst im Alltag die Ruhe selbst, nicht gerade im Antistress zur Ferreteria; im Gegenteil, er war regelrecht elektrisch aufgeladen, wenn Sie verstehen, was ich meine. Er stand auf diesem riesigen Gelände, wo es keinen Schatten gibt und wies die Lagerarbeiter an, ihm von diesem Stapel drei, von jenem fünfeinhalb Bretter, so und so lang zuzuschneiden und so weiter und so fort. Als er merkte, dass sie Pulgadas (Einheit à 2,36cm = 1 Zoll = 1 inch) meinten, er aber Zentimeter, zeigte der arme Andy Nerven. "Er trinkt ja auch viel zu wenig", hatte Lotti ihren Freundinnen oft ihr Leid geklagt. Sie Gesundheitsapostel – er der passionierte Coole. Und jetzt in der Mittagshitze ging ziemlich viel schief. Das Adrenalin strömte. Aber schließlich war er's zufrieden, ging nach oben zum Bezahlen.

Als er bei den sogenannten Preisgestaltern an der langen Theke stand – das sind die "Herren" über das berühmte Descuento (Rabatt), also diejenigen, die die Rechnung schnüren, bevor man an der Hauptkasse zahlen kann –, kam schon wieder ein Anruf seiner Göttergattin, die ihn diesmal bat, noch eine Flasche Wein mitzubringen, es könnte ja sein, dass ihr jemand in persona gratulierte, da war er fix und alle. "Ja ja, Schatz", aber er hatte nur Schrauben und Bretter im Kopf, die er gerade besorgt hatte.

Um 13 Uhr hatte er mit seinem Nachbarn, einem Schweizer, ausgemacht, dass er mit Material und Werkzeug vorbeikommen dürfe, um die Sache zu schaukeln, pardon, die Schaukel zu montieren. Es blieben ihm nur noch dreißig Minuten. Er musste aber noch zum Supermarkt für Lotti. Gott, was für ein Stress! Und was war das doch gleich? Wein, Zwiebeln, Eier und …? Verdammt, ich muss Lotti anrufen! Er fummelte in seinen Hosentaschen. Wo war das sch… Handy nur?

Vor dem Supermarkt tastete er erst seine Klamotten ab, dann suchte er überall im Pickup: Das gute teure Teil war verschwunden. Der Parkplatz wurde im Nu zum Schauplatz einer kostenlosen Rapper Performance, wobei er auf österreichisch textete. Schließlich erbarmte sich ein behäbiger bayrischer Resident mit Riesenbart, der sich so seine Gedanken über Andys wirres Gehabe machte.

Er wandte sich mit folgenden Worten an unseren liebenswerten Hektiker: "Auch wenn Du Österreicher zu sein scheinst, helfe ich Dir auf die Beine. Schau mir in die Augen und sage mir, wo Du dein Dingsbums zum letzten Mal benutzt hast. Bleib ganz ruhig und denk nach!" Andy bemühte sich sichtlich um Ruhe und konzentrierte sich: "Im Pickup … äh … nein, in der Ferreteria." "Siehst du", sagte gelassen der Bayer, "und da fährst du jetzt hin!" Der Ösi bedankte sich artig und zischte mit dem Pickup davon.

Gestikulierend steht Andy wenige Minuten später vor der fünfzehn Meter langen Verkaufstheke. Er will wissen, wer sein Handy habe oder gesehen habe: "Donde esta mi cellular? Quien tiene mi cellular? Quien ha visto mi cellular?" Mit jeder Frage offenbart unser Freund mehr Hilflosigkeit. War er echt so naiv zu glauben, dass ein solch edles Teil mir nix dir nix einfach auf der Theke liegen bleibt? Die ca. zehn Angestellten im Verkaufsraum schauen jetzt alle in seine Richtung, denn Andy gibt nun in Rumpelstilzchen-Manier eine kostenlose Vorführung. Die meisten reagieren gelassen oder erstaunt; nur wenige grinsen.

Mit "Donde esta su jefe?" erkundigt Andy sich nach dem Firmenchef. Man weist ihm den Weg zum Sekretariat. Nach zwei Minuten kommt Andy tatsächlich mit einem weißhaarigen, ernst blickenden Dominikaner mittleren

Alters in den Verkaufsraum zurück, den rechten Daumen unsichtbar über der grünen Taste seines Billighandys von Orange. "Alle mal herhören! Der Mann hier hat vor einer Viertelstunde sein Handy auf der Theke liegen lassen. Jetzt ist es verschwunden. Ich gebe dem Handydieb hiermit die letzte Chance, das Handy rauszurücken. Falls nicht, wird dieser sofort gefeuert!" Keine Reaktion. Stille im Raum. Auch die Kunden spüren den historischen Moment und verhalten sich entsprechend ruhig. Dann plötzlich, von hinter der Theke, wiehern Pferde laut und schier unaufhörlich. Alle lachen, bis auf den "neuen Handybesitzer" und den Jefe, dessen Anruf gerade für Klarheit gesorgt hat. Während Andy vor Erleichterung fast auf die Knie geht, steigt dem dominikanischen Handydieb zusehends das Blut ins Gesicht. "Ich wollte doch nur dafür sorgen, dass niemand das Handy stiehlt", verteidigt sich der junge Mann, als er vom Chef in dessen Büro geleitet wird. Zuvor entschuldigt sich der Geschäftsführer bei Andy mit einem Augenzwinkern: "Einen super Handy-Ton haben Sie!" Und Andy strahlend: "Ja, ich bin auch mächtig stolz auf meine Pferde."

Ab sofort stand der Konstruktion von Lottis Hollywoodschaukel nichts mehr im Wege. Androiden-Andy fuhr umgehend nach Hause zu seinem Nachbarn zum Basteln. Den Einkauf für seine Frau hatte er vor lauter,

lauter Stress total vergessen. Aber stolz war er, dass er seine eigene Handynummer parat hatte, als es darauf ankam. "Und das als Österreicher…" kicherte der Schweizer still vor sich hin, als Andy ihm die Story erzählte.

Widmung und Danksagung

Gewidmet all meinen Freundinnen und
Freunden in Nah und Fern.
Mein Dank geht an
Roselinde,
meine liebe Frau Reglind,
meinen Lektor Utz Niklas.

www. christianhugo.com

Christian Hugo

Gringolyrik aus der Karibik I

Leben in der
Dominikanischen Republik

ISBN 9 783842 342279   Preis € 8,90